夢枕獏

大江戶火龍改

夢枕獏

高詹燦 譯

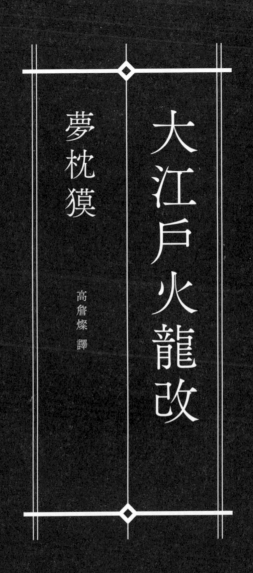

目錄

火龍改的故事 005
遊齋佚事 009
手鬼眼童 025

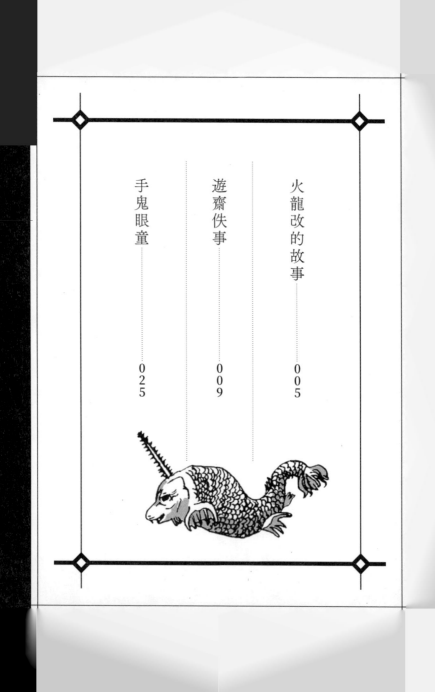

無頭鬼魂……053
櫻花怪談……083
後記
臺灣版……279
日本版……283

火龍改的故事

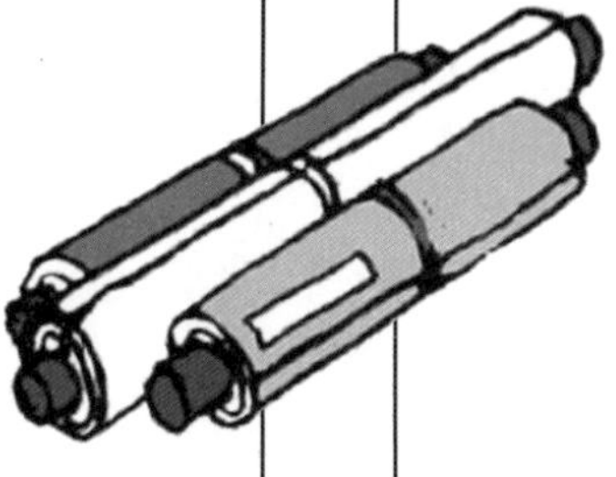

俗稱的「火龍改」，正式名稱為「化物龍類改」。據說是因為「化」字的發音為「か」，以「火」字套用，就此由「化」改為「火」，因而成了人們口中的「火龍改」。不過，從什麼時候開始這樣稱呼，就不得而知了；從什麼時候開始有這項職務，也沒有定論。據說在元祿時期便已存在，那麼，究竟從多久以前便存在？此事沒人知曉，當然也無文字記錄留存。

江戶幕府制訂的組織和職務中，查無此名。這也是因為「火龍改」非隸屬於幕府底下任何一個機構。他們所經手的，全是非人的妖物。

火附盜賊改[1]會逮捕罪犯，加以拷問，但沒有審判權。火盜改要制裁逮捕的犯人時，需要老中[2]下達判斷，相對於此，「火龍改」則可依照自行判斷出手制裁。因為他們的對手是非人的妖物。

如果情況特殊，對手是人，或是與人有關時，會徵求幕府的判斷，但還是以暗中進行為第一優先。

「火龍改」的工作，是狩獵假扮常人，混在人群中的妖物，或是驅除危害人類的邪魔，加以收伏。

不過，雖然有許多不可思議的現象，但只要沒對人類帶來危害，就保留其原貌，這也是「火龍改」的任務。

「火龍改」的首領，對外聲稱由老中指定，但其實無人知曉。有資料指出，不論在哪個時代，這位首領好像都是同一個人。他麾下的人員，有時是從武士挑選，但似乎大部分都是陰陽師，或是從僧人當中挑選。

通常首領的住處會充作官舍使用，擔任「火龍改」職務者，幕府會發放「鬼類免責狀」，擁有免責狀的人，不論是神社、寺院，還是武家宅邸，都能自由進出。

他們所牽涉的事件，許多都與江戶的歷史有關，此事並未記載於《德川實紀》中。

1. 也寫作「火付盜賊改」，或簡稱「火盜改」，江戶幕府的職務名稱。在江戶市內巡邏，取締縱火、竊盜、賭博等不法情事。
2. 江戶幕府的最高職務。直屬於將軍，總管一切政務。

遊齋佚事

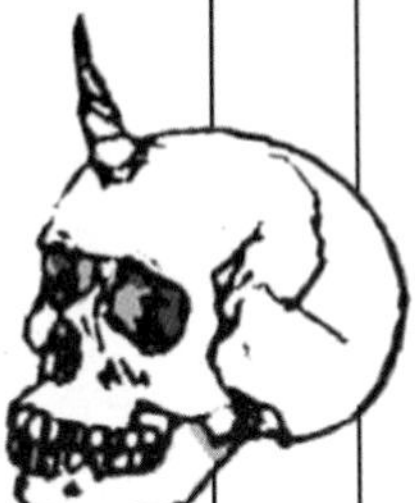

（一）

有個奇怪的男人。

一頭白髮。

但又與毫無生氣的老人白髮不同，他的髮色亮澤，充滿魅力。

他那頭長長的白髮在腦後隨手綁成一束馬尾，上頭繫上紅繩。

明明不是清國人，卻總是一身近似道袍的裝扮。

由於滿頭白髮，遠看宛如老翁，但近看便顯得年輕。外表約三十多歲，頂多快四十歲。與他交談後會發現，他對古老的事物或俗世一切知之甚詳，比一般老人還要博學。

他有一對紅色的眼瞳。

年齡不詳——

不過，孩子們常聚在他身邊。

此人名喚遊齋。

家住人形町的鯰長屋，狹小的房間裡，到處擺放著老舊的箱子、卷軸、手杖、佛像、看不出是什麼東西，像異國妖怪的雕像。

他理應獨居，但半夜有時會傳出迷人的女人聲音。

有位身材高大的飴糖小販常來拜訪遊齋，他每次一看到孩子們，總是會拿出他販售的飴糖，對他們說：

「如何，要不要吃？」

所以孩子們也都會往這裡聚集。

某天——

附近幾個孩子聚在長屋的水井前，大聲交談。

好像在吵架。

「松吉，是你吃掉我的地瓜，對吧？」

「才不是呢，我什麼也沒吃。」

「是你趁我和次郎助在玩相撲時吃掉的。」

「沾有你口水的地瓜，誰要吃啊，笨長吉。」

地點正好在遊齋的家門口。

「怎麼了嗎？」

遊齋走出來詢問，得知情形如下。

長屋後方有座小神社，三個孩子在那裡玩起相撲。

他們以木棒在地上畫個圓，先由松吉和次郎助比相撲。

次郎助獲勝，接著換長吉和次郎助交手。

長吉原本一邊看次郎助和松吉相撲，一邊吃著家人替他烤好的地瓜，但因為後來輪他上場，他便將吃到一半的地瓜擱在地上，與次郎助比起了相撲。最後長吉將次郎助拋飛獲勝，而這時候問題來了。

他那吃到一半擱地上的地瓜，竟然不翼而飛。

此刻長吉正生氣大罵，說是在一旁看他和次郎助相撲的松吉吃掉他的地瓜。

「你這個騙子。」

「你才騙子吧。」

兩人吵得不可開交。

「之前我的地瓜也曾經自己不見。松吉，是你吃掉的吧！」

「我哪會做這種事啊。」

遊齋聽他們描述後，喊了一聲「你們先別吵了」，擋在他們兩人中間。

「大概是貓、狗、烏鴉幹的好事吧。」

遊齋帶他們三人來到後方的神社。

遊齋似乎認為，只要來到案發現場，應該就能瞧出些端倪。

來到神社境內一看，石板地旁的地面上果然畫了一個圓，一看就知道他們三人在這裡比相撲。

會是烏鴉或是狗嗎……？

遊齋環視四周，突然視線停在地上一個詭異的圖案上。那是個隆起的土堆，像波紋一樣，一圈又一圈。雖然就只是微微隆起，但仔細看的話還是看得出來。

「噢。」

遊齋點著頭，走進附近的竹林中，從懷中取出短刀。

發出卡卡兩聲，砍下竹子。

做成只有一節的竹筒。

遊齋將竹筒的開口朝下插向地面，右耳貼向上方的竹節。

他流露出像在專注聆聽的神情。

「啊哈，原來是這麼回事……」

遊齋頷首。

「我們先回去吧。」

他帶著三名孩童暫時返回長屋後，從自己家中拿出某個東西揣進懷中，走出屋外。

他又回到神社境內，這次是從剛才製作竹筒的竹林裡，砍出一根長度不到十一尺（約三點八公尺）的竹子，斬去樹枝。

當場便做好了一根竹竿。

他朝竹竿前端綁上他從懷中取出的繩子。那條垂落的繩子前端，有個大鉤子。

繩子的中間甚至還附上浮標。

遊齋指著地面像波紋圖案的地方說道：「朝這裡挖洞。」

一聽遊齋這麼說，孩子們便開始徒手加木棒挖掘起來。

一路挖到深約兩尺處。

「好了。」

遊齋要他們停止挖掘。

「我看看喔。」

遊齋抬起竹竿一看，在繩子前端晃蕩的，是掛在鉤子上的一塊地瓜切片。

遊齋將這塊地瓜放進洞中後，馬上命孩子將洞填平。

可能是已事先調整過深度，那紅色浮標漂亮地立在泥土上。

「這樣應該就行了吧。」

遊齋將竿尾，亦即竹竿手握的這一側插向地面。

「好了，我們就先休息一會兒，慢慢等候吧。」

遊齋坐向石板地上。

孩子們不懂遊齋到底在玩什麼把戲，紛紛開口問道：

「遊齋老師，這到底是在搞什麼名堂啊？」

「待會兒你們就知道了。」

遊齋就只是心不在焉地望著浮標。

這時突然有了動靜。

一開始，泥土上的浮標就只是微微地抽動，接著猛然被吸進地下。

「來了……」

遊齋雙手握緊竹竿。

緊接著下個瞬間——

十一尺長的竹竿，像月亮般彎撓，前端整個鑽進土中。

這股驚人勁道，別說區區一根竹竿了，恐怕就連手握竹竿的遊齋也會一併吞進土中。

土中有個東西像野獸般翻騰。

「唔。」

「唔。」

遊齋的腰部和雙膝彎曲，使勁全力挺住。

不久——

土中釣出一尾長約五尺的巨大鯉魚。

鱗片閃耀著金光。

遊齋將鯉魚擺在石板地上。

好大。幾乎跟小孩一樣大。

遊齋跨坐在那尾扭動的鯉魚身上，取下卡在牠嘴角上的魚鉤。

「這是什麼啊？」長吉問。

「是土鯉。應該就是這傢伙吃掉你的地瓜。」

「土鯉？」

「棲息在土中的鯉魚。生存萬年之久。數量並不多。牠們向來都是吃樹根維生，不過，地瓜是牠們最愛的食物。」

仔細一看，確實長得很像鯉魚，但不同之處在於牠沒有鬚，而且會像人一樣眨眼。嘴裡還長著像人一樣的牙齒。

「說起來，也算是一種妖怪。」

遊齋從鯉魚身上離開，那尾土鯉一路扭動彈跳，從石板地上落向黃土地面。原本在地上扭動掙扎的土鯉，旋即甩動尾巴，一頭鑽進土裡，消失無蹤。

「太好了，松吉。這下就明白，偷吃地瓜的人不是你了。」

遊齋如此說道，哈哈大笑。

（二）

某天——

有位當木匠的鄰居名叫治平，突然感到身體不適。

此人來到遊齋的住處，請他想想辦法。

「你怎麼了？」遊齋問。

「我身體發癢。」

而且不是外側癢，是體內癢。

身體裡的肉和骨頭癢得難受，偏偏搔不到。

「我都快瘋了。」

治平說，他好不容易才走到這裡。

遊齋要他脫去身上衣物，發現他全身皮膚長滿紫色斑點。

可能是指甲搔抓的緣故，全身滿是像蚯蚓般的腫痕。

「從什麼時候開始的？」

「約莫三天前。」治平說。

可能是覺得癢，極力忍耐，他扭動身軀。

「當時你曾到一棵千年大樹附近是嗎？」

「就在三天前，我到谷中的八幡神社工作。那裡有棵大樟樹。我坐在樹根上喝茶。」

「啊哈。」

遊齋頷首。

「請你躺下。」

他請全身不蔽一物的治平仰身躺下。

「好了，該用哪個才好呢……」

遊齋在家中散亂擺放的物品中挑選，最後拿來鐵缽和一雙老舊木筷。

他將鐵缽擺在榻榻米上，手裡握著木筷，跪向治平身旁。

「我看看喔。」

他以木筷戳向治平的腹部。

筷子前端倏然鑽進治平腹中。

治平見狀，大吃一驚，但不覺得痛。

拿著筷子在治平腹中探尋的遊齋，大喊一聲「有了」。

他從腹中夾出某個東西。

仔細一看，筷子前端夾著一隻長了許多隻腳，活像蜈蚣的蟲子，正扭動著身軀。

「這是呑蟲。」遊齋說。

「呑蟲？」

「這種蟲子棲息在樹齡很老的樹木，當人們屁眼張開時，會從那裡鑽進體內，在人們的五臟六腑裡繁衍子孫。」

「竟然有這種事——」

「你大概是一屁股坐在樹根上，還放屁對吧？」遊齋說。

「唔……」

治平脹紅了臉。

這段時間裡，遊齋仍繼續將筷子插進治平體內，陸續夾出呑蟲，放進鐵缽。扭動的呑蟲在鐵缽裡糾纏在一起，四處爬行，那幕光景看了教人頭皮發麻。

「好在你今天來這裡找我。要是明天才來，後果就不堪設想了。」遊齋說。

「會有什麼後果？」治平問。

「想知道嗎？」
遊齋注視著治平雙眼。
「不，不用了。」治平說。
「好了，全部都取出了。」
治平體內的癢完全消除，就像沒發生過似的。
治平向遊齋道謝後離去，臨行時惴惴不安問道：
「那叫吞蟲是吧。你打算怎麼處理缽裡的那些吞蟲？」
遊齋咧嘴一笑。
「想知道嗎？」
「不，不用了。」
治平就此離去。

（三）

遊齋的住處常有人進出。

有時會有身分不俗、出身名門的貴人，幪著臉乘轎前來。

遊齋似乎會接受人們的諮詢，至於是怎樣的內容，可就無從得知。

曾經有某個傳聞在外流傳，說得煞有其事。

據聞火附盜賊改有個地下組織。

名叫火龍改。

據說有非人的妖物假冒人形，住在人世間。

妖物——也就是說，妖物或是龍會幻化成人的樣貌，混在常人之中生活。

有時會危害百姓。

找出這樣的妖物、妖怪、龍，神不知鬼不覺地加以收拾，就是火龍改的工作。

遊齋似乎就是火龍改這班人商量的對象。

散播傳聞的人是這麼說的。

但沒人確認過此事的真偽。

因此，遊齋現在還是一樣在鯰長屋起居，當一個不知道從事什麼營生、來歷不明的人，繼續過他的日子。

不少人都想向他問個清楚……

但只要遊齋咧嘴一笑，反問一句「你想知道嗎？」

詢問者便會結結巴巴地回答「不、不用了……」

儘管如此，你還是想知道嗎？

手鬼眼童

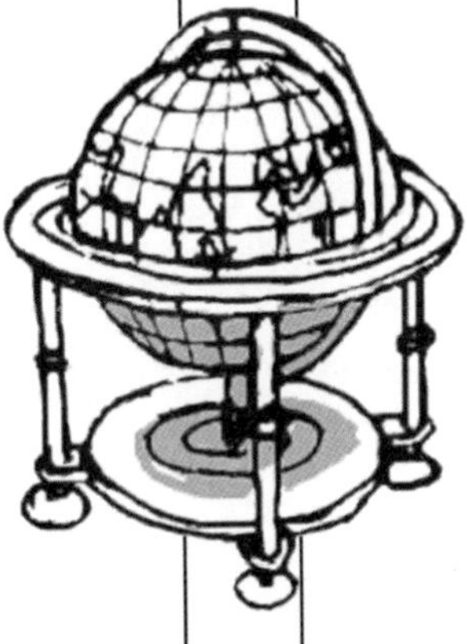

（一）

鯰長屋的遊齋家，有客人來訪。

此人外表看起來像町人，但他以手巾幪臉，所以無從得知是何方神聖。

常來找遊齋玩的長吉就在附近，因為想要糖吃，他正準備和那名像町人的男子一同走進屋內。

「今天不行喔。」

長吉從遊齋那裡沒要到糖，倒是要到了一顆蒸地瓜，就此被請出屋外。

遊齋家中有許多有趣的玩意兒。

異國妖怪的雕像、古老的鬼魂圖畫。

地球儀、玻璃笛。

望遠鏡。
長角的骷髏頭。
亮晶晶的石頭。
像壓醬菜的鎮石般，隨便擺地上的岩石。
不知道哪個國家的武器。
卷軸。
這些東西散亂地擺在家中，多得數不清，所以就算沒有糖果或地瓜可吃，孩子們還是很想到遊齋家中一探究竟。
之前長吉往屋內窺望時，見到一隻用紙和竹子做成的鳥，在屋內振翅飛翔。
時常有人在屋內進出，有時一些名氣響亮，或是大家常見的人物也會前來。
約莫十天前，一位有張長臉的男子抱著一個像箱子的物品前來，與遊齋聊了半晌後離去，之後向知道那個人身分的人詢問後得知，這名長臉的男子名叫平賀源內，算是小有名氣的人物。不過長吉聽了之後，還是一樣搞不清楚狀況。
總之，那天長吉拿了一顆地瓜就被打發走人，沒能確認那名幪臉的人物是何來歷、什麼長相。
「啐。」

那名男子隔著門聽到長吉發出的聲音後，取下幪臉的手巾。

年約五十五歲——

是個頭髮花白，臉上布滿細微皺紋的男子。

「在下是岡田屋的幸兵衛。」

男子似乎認為還有人躲在某處觀察他的情況，注意著四周動靜，一面戰戰兢兢地報上名字。

提到岡田屋，這可是在日本橋做綢緞生意的老字號名店。

「請進來吧。」遊齋說。

「是。」

幸兵衛彎腰鞠躬後，走進屋內。

屋內滿是東西，分不清到底是不是破爛，幾乎找不到立足之地。

只能勉強找出兩處從雜物中露出空間的榻榻米，大小剛好可供人坐下。

遊齋坐裡面，幸兵衛坐前面。

幸兵衛肯定是有擔心的事才會前來，但目睹眼前這些古怪東西，他也難掩心中好奇。

立在幸兵衛左側的，是一具像猴子的骨骸，但令人感到不可思議的是，它竟然有兩顆頭。

「哎呀呀，竟然有這種東西……」

幸兵衛不知道該說什麼才好，右手伸向腦後，明明一點都不癢，卻刻意搔抓了兩、三下。
「請用。」
遊齋如此說道，拉出一個埋在許多東西裡頭的烤火盆，朝幸兵衛推近。
裡頭的木炭燒得火紅。
近來秋意漸濃，每當向晚時分，就會懷念起爐火的溫暖。
幸兵衛雖然點頭應聲「謝謝」，卻未把手擺向烤火盆上。
他雙手置於膝上，一副苦思不得其解的神情，可能是不知道該怎麼開口吧。
盤腿坐在烤火盆對面的遊齋，頭髮沒剃成月代[1]，長髮直接在腦後綁成一束。
他一頭雪白鶴髮。
但他不是個老人。
光看容貌顯得很年輕。
看起來頂多三十多歲。
然而，實際年齡究竟為何，這可就不得而知了。

1. 江戶時代的成年男性都會將前面頭髮剃光，稱之為「月代」。

而他眼前的幸兵衛，看起來顯得不知所措。

遊齋穿著一身不像來自日本的異國服飾，究竟是哪個國家的服飾，幸兵衛完全猜不出來。遊齋就只是靜靜坐在原地，但幸兵衛看不出他到底在想些什麼。

遊齋身旁擺著一種名為二胡的樂器。

「您今日的來意為何呢？」

遊齋向他詢問。

「啊，是……」

幸兵衛低頭行了一禮，微微點頭。

「我聽說不管任何問題，您這裡都接受諮詢……」

他惴惴不安地說道。

「也不是任何問題都能解決，不過，大部分都可以。」

「如果是關於妖物或邪魔，您還能伏妖、驅除附身的邪靈……」

「這我會處理。」

遊齋頷首。

「不過，這項工作……也算是一門買賣，會酌收費用。」

「是……」

「接受各種怪事諮詢——就像綢緞行賣綢緞、飴糖店賣飴糖、木匠賣手藝一樣，我所做的買賣，就是收伏妖怪的技藝。」

「您說得是。」

幸兵衛頷首，進一步詢問。

「那麼，關於收費，不知您怎麼開價？」

「沒固定的規矩。窮人有窮人的收費標準，富人有富人的收費方式。」

「您說得是。」

幸兵衛點頭，額上浮現汗珠。

他一面擦汗一面說道：

「另外，因為也得顧及臉面，所以不管結果為何，都希望您能守口如瓶……」

「這是當然。」

遊齋輕輕彈了個響指，幸兵衛身旁那隻雙頭的猴子骷髏便咔啦咔啦地走了起來。

「嚇！」

幸兵衛發出一聲驚呼，猴子那兩顆骷髏頭抬起，以小小的四個眼窩望向幸兵衛。

咔啦咔啦咔啦。

骷髏齒牙交鳴。

看在幸兵衛眼裡，覺得這是在笑。

猴子骷髏停下腳步，以它化為白骨的手指撥開破爛，取出一本老舊的冊子，擱向幸兵衛膝上。

封面寫著「火龍帖」。

「這是？」

幸兵衛才剛發問，猴子的手指便開始翻開封面。

裡頭的扉頁寫著「接受各種怪事諮詢」。

猴子繼續翻開那處扉頁。

下一頁寫著「彼此所見所聞以及祕密，皆不可對外洩露」。

接下來則寫著「一旦違背此約定時——」，後方就沒記載。

「這裡寫到保密方面的事。由於這是買賣成交時的約定，所以祕密絕不會外洩。」

遊齋面露微笑。

他的微笑無比迷人。

迷人中帶點詭異。

還有可怕。

他的白髮這時彷彿微微透著青光。

「這裡提到『一旦違背此約定時——』，後面就沒寫了……」

「沒錯，後面沒寫。」

「違背約定到底會怎樣？」

「這我也不知道……」

「可是……」

「如果您想知道，有個辦法。」

「什麼辦法？」

「試著違背約定就行了。」

「違背約定？」

「找個地方，將我施展的技藝說給別人聽，這樣就行了。」

「咦？」

「這麼一來，這裡就會浮現文字，然後照著上面的文字描述，發生在您身上。」

「那麼您又會怎樣？當您違背約定時……」

「我不知道。」

「什……」

幸兵衛為之無言。

「想知道嗎?」遊齋問。

「不,不用了。」

幸兵衛搖頭。

那明顯是很後悔來到這裡的表情。

啪。

冊子就此闔上。

咔啦咔啦。

咔啦咔啦。

咔啦咔啦。

咔啦咔啦。

猴子那兩顆骷髏頭笑了。

「好了,您遇上什麼事呢?」遊齋問。

「事、事情是這樣的……」

幸兵衛很想回去。

但他已回不去了。

他隱約覺得，這時候要是回去，可能會發生很可怕的事。

於是——

不得已，幸兵衛只好娓娓道來。

（二）

岡田屋裡有個叫千代松的童工。

今年十歲。

去年從內藤新驛站透過一位叫吉藏的二掌櫃牽線，來到店裡工作。目前的工作仍是處理一些雜務或粗活，不過他記性好，應答勤快，工作認真；不光如此，連沒交代的事也都處理得妥妥貼貼，所以大家都很關照他。

這位千代松從五天前開始變得不太正常。

在五天前的晚上——

岡田屋幸兵衛的妻子阿峰，端著點燃的蠟燭，在家中巡視，將點亮的油燈逐一熄滅。

正當她準備熄去店內的油燈時——

她發現土間[1]站了個人。

抬起燭火一看，原來是千代松。

「千代松，你還沒睡啊。」

阿峰出聲叫喚。

早點睡吧——阿峰本想再補上一句，但這句話她沒說，直接嚥回肚裡。

因為千代松出聲向她喚道。

「喂，阿峰……」

這聲音相當低沉。

不是孩童的聲音，是成熟男人的聲音。

「瞧妳之前幹的好事。」

說這話的千代松，雙眼閃動著黃光。

「妳和大掌櫃伊之助打得火熱吧？」

還露出得意的冷笑。

他從嘴邊伸出紅色的舌頭，舔舐嘴脣。

「你們搞過幾次？妳的嘴上功夫一流。妳用舌頭舔，伊之助那傢伙想必硬挺再多回都不成問題。」

「你在胡說什麼啊，千代松——」阿峰說。

「嘿嘿嘿嘿……」千代松發出詭異的笑聲。

「阿峰，妳自己不也是叫得很大聲，一臉滿足的模樣。伊之助那傢伙讓妳欲仙欲死。」

「千代松！」

阿峰大叫一聲，這時，千代松突然恢復他平時的眼神。

「夫人……」

千代松為之一愣，雙眼注視著阿峰。

那是清醒的眼神。

「您表情好嚴肅，怎麼了嗎？」

1. 日式房屋入門處沒鋪木板的黃土地面。

千代松以他平時的聲音道。

千代松已恢復成平時的他。

阿峰的丈夫幸兵衛會知道此事，是碰巧有人聽到阿峰他們的對話，跑去告訴幸兵衛。

此人是二掌櫃吉藏。

幸兵衛將阿峰和大掌櫃伊之助喚至跟前。

對幸兵衛來說，千代松變得不正常一事倒還在其次，更重要的是千代松所言是否屬實。

「我根本完全不知道他在說些什麼。」伊之助說。

「沒這回事。是千代松變得不正常，信口胡說吧？」阿峰淚眼漣漣地說道。

既然他們這麼說，也只能相信了。

為了謹慎起見，隔天，幸兵衛也將千代松找來問話。

「你昨晚說的話，是真的嗎？」

「咦，您是指哪件事？」

千代松說他完全不記得昨晚的事。

幸兵衛進一步問。

「關於阿峰和伊之助的事，你是不是有事瞞著我？」

「我會有什麼事瞞著老爺您呢？」

千代松說他什麼也不知道。

這樣就無法再追問下去了。

「我明白了。」

幸兵衛頷首，昨晚的事決定當作沒發生過。

然而——

當天晚上，千代松又不正常了。

深夜時分——

當幸兵衛與阿峰同睡時，有人以男人的低沉嗓音說道：

「喂，幸兵衛，快起來。」

有人用拳頭敲打著隔門。

打開隔門一看，只見千代松站在暗處。

眼中閃動著黃光。

「千代松……」

聽到幸兵衛的聲音，阿峰也醒來。

「三個月前，從帳房裡不翼而飛的十兩金幣，我告訴你在哪兒吧。」千代松說。

「是有人偷了那筆錢。庭院的池子旁不是有一株老松嗎？你朝樹根底下挖掘，會發現那筆錢用油紙包好，就放在那裡。不過，現在已經少了五兩。」

說到這裡，千代松突然昏倒。

幸兵衛喚人來幫忙，一把扶起千代松——

「老爺。」

甦醒的千代松出聲叫喚，睜開眼睛。

隔天，幸兵衛派人挖掘，但沒挖出金幣。

幸兵衛微微鬆了口氣。

因為千代松說的話並不是真的。

他心想，如果是這樣，阿峰和伊之助的事想必也是騙人的。

接著是昨天——

而且是大白天發生的事。

千代松來到眾多客人出入的店內。

當時幸兵衛正與客戶交談。

千代松突然現身，幸兵衛一見到他的眼神，心想「難道又來了」。

千代松的眼神不太尋常。

因為他望向空中。

「喂，幸兵衛……」

千代松以那低沉的嗓音說道。

「你在深川養小妾對吧。偏偏還是個之前在品川當飯盛女[1]，有一張葫蘆臉的女人，名叫阿初。你說是因為和她在床上很合得來，這才包養她，但既然要包養，好歹選個傳出去能提升男人價值的女人嘛。像她那樣的女人，還是算了吧……」

「喂，千代松。」

幸兵衛撲向他，一把抱住他，這時千代松兩眼翻白，失去意識。

等千代松醒來時，又恢復他平時的模樣。

1. 江戶時代，各處驛站或料理店以女侍的名義僱用的女子，實際從事性交易。

（三）

「哎呀，這可真是……」

幸兵衛右手擦拭額頭的涔涔汗水。

「這件事我一直沒讓大家知道，說來實在教人傷腦筋，昨天千代松說的那個叫阿初的女人……」

「是真有其人對吧。」遊齋說。

「對，沒錯，您怎麼會知道呢？」

「我只是猜想，應該就是這麼回事。那麼，您希望我怎麼做？」

「我想請您看一下千代松。如果他遭到邪靈附身，希望您能幫他驅魔。」

「我明白了。」

遊齋頷首，就此站起身。

（四）

遊齋坐在岡田屋的屋內客廳。

身旁擺了一個烤火盆。

與遊齋並肩而坐的，是店主幸兵衛。

與他們兩人迎面而坐的，是一名十歲左右的孩童——千代松，他背後坐著阿峰、伊之助、吉藏。

已大致說明過情況。

遊齋手掌抵向千代松頭部，指尖戳向他胸口，細看他的雙眸，開口道：

「這是被附身了。」

「附身？」幸兵衛問。

「是的。」

「是怎樣的東西附他的身？」

「驅魔之後就知道了。」

「有辦法驅魔嗎？」

「當然。」

「要怎麼做？」

「用艾灸。」

「艾灸？」

「我做給您看吧。」

遊齋早已事先準備好，從懷中取出紅繩。

「有個艾灸的穴位叫作手鬼眼。」

「沒聽過這個穴位名稱呢。」

「是的。因為這不是一般的穴位。」

遊齋面露微笑，望向千代松。

「來。不用害怕。我只是幫你艾灸。」

遊齋朝他招手。

千代松露出納悶的眼神望向幸兵衛。

「嗯。」

幸兵衛朝他頷首後，千代松移膝來到遊齋面前。

「你雙手合十，朝我伸過來。」

千代松照著遊齋的吩咐做。

併攏的雙手，最上方是緊貼在一起的左右手大拇指。

「請將你併在一起的左右手大拇指一同豎起來。」

千代松依言而行，接著遊齋在他的大拇指根處纏上紅線，讓併攏的大拇指無法自由活動。

「不能亂動喔。」

遊齋說，從懷中取出一個小竹盒，拈起一把艾絨。

「這裡就是手鬼眼。」

遊齋如此說道，將他取出的艾絨放在併攏的大拇指指甲中間——靠近指甲根部的位置。

「有本書名叫《千金翼方》[1]。自古以來，我國的書籍也提到『有受狐狸等邪魅侵害而患病者，此為治療之奇穴。丁孫子對《千金翼方》知之詳也』。」

他將附近的烤火盆拉近，火移向手中的香，香上的火又移至艾絨。

裊裊輕煙升起。

起初千代松沒特別表情，但後來愈來愈燙，眼看他都快哭出來。他蹙起眉頭，一臉窩囊樣，求救似地眼巴巴望著幸兵衛。

「要忍耐……」幸兵衛說。

「好燙、好燙。」千代松放聲喊道。

他突然轉為低沉的男性聲音，喝斥一聲「喂」。

「很燙耶。你為什麼要這樣整我。嗯……唔……」

「您可以出來嘍。」遊齋高興說道。

遊齋湊向低吼的千代松右側，朝他耳朵吹了口氣。

「呼。」

低吼的千代松大動作向後仰身倒下。

他口中升起一縷白煙，那陣煙從阿峰的鼻子鑽進她體內。

「啊。」阿峰大叫。

在場眾人都目睹了那幕光景。

經過一陣沉默，幸兵衛問道：

「剛、剛才是怎麼回事？」

1. 唐朝醫學家孫思邈撰成《千金要方》後，因感其內容之不足而續編《千金翼方》。

「如您所見。」

「如我所見？」

「千代松被夫人的生靈附身，生靈剛才回到了夫人體內。」

「什麼……」

幸兵衛說道，而久久說不出話的夫人阿峰，這時也哇一聲哭了起來，悲泣在地。

「結束了。」

遊齋說。

「事後我會送請款單給您。」

遊齋正準備起身時——

「請留步，請留步……」

幸兵衛飛撲而來，挨向遊齋身邊，抓住他衣袖。

「這到底是怎麼回事？」

「就是夫人的生靈附身在千代松身上。」

「然後呢？」

「千代松說的話，全都是在無意識中，夫人要他說的。」

「可、可是……」

幸兵衛話說到一半。

「真的很抱歉。」

阿峰雙手撐在榻榻米上，低頭鞠躬。

接著低頭鞠躬的，是伊之助。

「這、這到底是怎麼回事？」

幸兵衛以求助的眼神望向遊齋。

「我能驅除附身之物，但男女之事我實在無能為力。」

遊齋語氣平淡說道。

（五）

事後詢問，得知情況如下。

約莫十天前，阿峰說要出外看戲，和千代松一起出門。

千代松不看戲，所以到位於兩國的劇場這段路，他幫忙拿阿峰的行李，等戲演完了，他再回劇場幫阿峰拿行李回去，這是他的工作。

不過，當千代松與阿峰道別後，他發現有個東西忘了交給阿峰。那是要送給阿峰特別關照的劇場演員所準備的紅包袋。

千代松急忙返回劇場，正好撞見阿峰和大掌櫃伊之助一同走出劇場。兩人走得很急，還沒來得及追上，他們已走進附近一家水茶屋[1]。千代松不懂水茶屋是怎樣的地方，他吩咐水茶屋的店員將東西轉交阿峰，便自行返回店裡，而阿峰滿心以為千代松知道她一切祕密。

想到千代松不知道什麼時候會向幸兵衛告密，她就擔心不已。

既然這樣，還不如自己主動招認算了——

這想法在阿峰自己也不知道的情況下，化為生靈，附身在千代松身上，借千代松之口，說出她自己隱瞞的事。關於那筆錢，是阿峰從帳房裡偷走十兩。為了和伊之助的事花了五兩，剩下的錢埋在庭院那棵松樹底下，但伊之助為了其他女人，瞞著阿峰偷偷挖出那筆錢，所以現在已不在那裡。

阿峰自己知道的事，以及平時只在心裡想，說不出口的事，全都借千代松之口說了出來。

所以千代松是說出阿峰知道的事，以及她心裡想的事，也就是說，幸兵衛在深川金屋藏嬌的事，阿峰早已察覺。

說起來就是這麼回事。

幸兵衛、阿峰、伊之助，這三人後來怎樣，遊齋當然無從得知。

為了這件事，遊齋提出的請款金額，幸兵衛沒說，亦無人知曉。

1. 功能類似現在的賓館。

無頭鬼魂

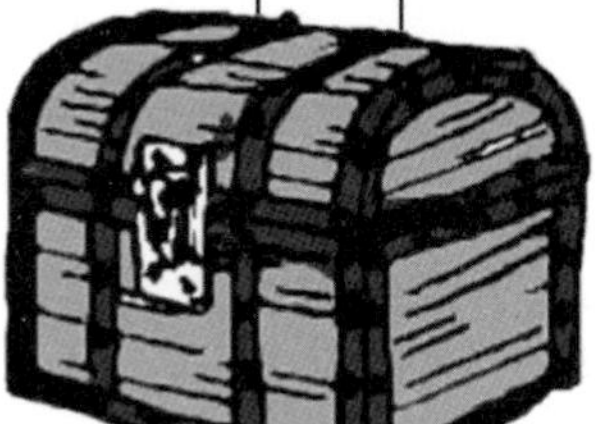

（一）

人形町——

長門屋的六右衛門到遊齋位於鯰長屋的住家拜訪，是過中午的事。

亦是與力[1]間宮林太郎前來與遊齋閒話家常離開後的事。

可能是最近沒什麼案件的緣故，間宮林太郎一會兒談到「從那之後，神田的雪隱入道[2]似乎就沒再出現過了……」，一會兒說「無臉男貍貓的事件好像也平息了」，聊得比平時還久。

「如月老師最近好像百無聊賴，他說，要是有什麼有趣的事，隨時都可以跟他說一聲。」

間宮林太郎打道回府時說了這句話，離開遊齋的住處。

長門屋的六右衛門年約五旬。

當時正是長屋入口處櫻花綻放的時節。

被領進屋內時，六右衛門之所以發出「噢……」的一聲驚呼，是因為看到意想不到的光景。

那乍看不像土間，也不像榻榻米間的狹小空間堆滿物品。而且這些物品，六右衛門從未見識過。宛如異國寶箱般的東西、層層堆疊的卷軸、來路不明的野獸木雕、人像、石頭、像是飄洋而來的寶劍、地球儀、銅鑄的龍。

擺在眼前榻榻米上的，是顆骷髏頭，但額頭上長出一支長長的角。

放在土間角落的箱子，是最近聽聞的「靜電機」嗎？

榻榻米上零亂地擺了各種書，可以望見裡頭有張書桌。只有書桌前方有一塊大小可供人坐的地方，露出榻榻米的表面。

「請進。」

催促六右衛門入內的，是站在那長角的骷髏頭旁，一名滿頭白髮的人物。

他用亮紅色的繫繩，將披肩的白髮隨手在腦後綁成一束。

1. 與力為輔佐町奉行的一種官職，類似現代的警察署長。待遇與中下級旗本相當。
2. 「雪隱」意同廁所。「入道」是指光頭的僧人。「雪隱入道」、「雪隱坊」、「加牟波理入道」，皆是會在廁所出現的妖怪。

此人腰板挺直，細長的雙眼透著冷峻。
但奇怪的是，他的雙眼像兔子一樣紅。
他是屋主遊齋。
「請進。」
他又催促了一次，六右衛門這才走進屋內。

（二）

「這裡可真是不簡單啊。」
六右衛門環視四周說道。
「雖然聽過傳聞，但沒想到真的是……」
六右衛門坐在榻榻米上。
背對書桌而坐的遊齋，面對面注視著六右衛門。
「怎樣的傳聞呢？」

雖然穿著像清國人才會穿的道袍，但遊齋說起話來不帶外國口音。

「不不不，就只是傳聞罷了。」

「像是養妖怪、在地板底下埋藏人的屍體之類的……」

「怎麼可能會有這種傳聞……」

「也許跟傳聞一樣喔。」

遊齋如此說道，莞爾一笑。

不過，六右衛門並未因此鬆了口氣，他拭去額頭開始冒出的汗珠。

「您訂購的貨，已經做好了。」

六右衛門手抵向胸前，他懷中露出一個以金絲銀絲編織圖案的錦緞包裝。光看外表，看不出裡頭裝什麼，不過看起來是個棒狀物品。

六右衛門從懷中抽出此物。

一個細長形的袋子。袋子比裡頭的物品還長，多出的部分摺起，用繫繩綁住。他解開繫繩，動作流暢地取出裡頭物品。

一根長約一尺六寸的竹筒。

表面塗漆，一頭堵上栓塞。

六右衛門拔開栓塞。

他將栓塞擺在榻榻米上，讓竹筒斜傾，接著從竹筒前方露出纖細的竹子前端。他拈住竹子前端往外一拉，從裡頭拉出一根細長的竹子。將它繼續往外拉，又從竹筒裡冒出新的竹子。拉出的竹子愈來愈粗。

一共從竹筒中拉出五根竹子。連同原本的竹筒一起合算，共有六根。

每一根都削去竹節，外層塗漆，表面光滑。每根竹子間的接口處，都用像是蠶絲的絲線牢牢纏繞。至於塗漆，這些纏繞在竹子上的蠶絲也都一併上漆。

一根全長約九尺的釣竿。

收納後的長度為一尺六寸。

六右衛門將取出的竹竿暫時先縮回原本的竹筒模樣。

「請您試試。」

他將之遞向遊齋。

遊齋接過竹筒，照六右衛門剛才做的方式，陸續從中拉出竹竿，就此形成一根釣竿。他右手握住竿尾，確認狀況般，用竹竿前端碰觸天花板，確認過其彈力後，接著輕輕地上下、左右甩動。

「了不起……」

遊齋讚嘆道。

「魚上鉤後，立起釣竿，魚自然就被拉過來。不用特別做什麼，釣竿就夠讓魚靠近……」

遊齋體驗過使用的感覺後，將釣竿縮回收好。堵上栓塞，將釣竿收進綢緞袋子內，綁好繫繩。

遊齋將它拿在手上問道：

「這釣竿開價多少？」

「因為是特別訂製，向您酌收三兩，不知可否。」

「就這麼辦。」

遊齋從懷中取出一個金唐革[1]的錢包，取出三枚一兩金幣。他右手邊有個黑色的龜殼，上面擺了一個散發虹光的盤子，遊齋把三兩金幣放進盤內，擱向榻榻米上，推至六右衛門面前。

「金額沒問題。」

六右衛門將三兩收進懷中後，拿起那個盤子。

那盤子並非正圓形，隨著觀看的角度不同，有時呈現藍光，有時呈現紅光。

「這是什麼？」

「蛟龍的鱗片。」

「蛟龍？」

「也就是水龍。」

「水龍？」

不管是蛟龍還是水龍，六右衛門都不知道。

「棲息在我國的蛟龍並不多，不過，在江戶倒是……」

「江戶有嗎？」

「你說呢？」

遊齋莞爾一笑。

雖然覺得好奇，但六右衛門可能也是感覺到，接下來的事還是別細問為妙。

他改變話題。

「不過話說回來，您下訂之後，都過了一年半的時間呢。」

「因為要製作出好東西，就需要有相當的時間。」

「對。得先從適合的竹子開始找起。」

「果然沒白等。入手輕盈，一握在手中，便覺得很順手。」

「一般都是四根竹子疊成二尺三寸，伸長後是七尺。因為您這是縮成一尺六寸，一次六根，

1. 歐美的皮革工藝品。以浮凸的方式，在皮革面表呈現唐草或花鳥等圖案，再以金泥及其他色彩加以彩繪。

所以……」

「我認為你們辦得到。」

「話說回來，您是從哪兒聽說我們的釣竿呢？」

「是這個。」

遊齋轉身向後，從書桌拿起兩本書，擱向六右衛門前方的榻榻米上。

從這位置，六右衛門正好可以看清楚書名。

《漁人道知邊》

《何羨錄》

「是玄蕃老人和津輕采女正大人[1]寫的書啊。」六右衛門說。

遊齋伸手指向《何羨錄》一書說道：

「這是約莫五十年前寫的書，不過，是相當出色的釣魚指南書。從釣具的製作，到釣場、記住方位的方法、風向的解讀方式，都有詳細說明，很耐人尋味……」

「對。」

「至於這本《漁人道知邊》，內容有一半以上抄錄自《何羨錄》，加上玄蕃老人自己的見聞。」

「是的。」

「其中提到『隨身伸縮釣竿』。」

遊齋拿起那本《漁人道知邊》，打開書本朗讀起來。

有人持竿之施力處，在於手握處前方壹、貳尺處，不久必將造成損傷，手持此竿，難釣大魚，是以，近來釣竿常見二接、三接。

往昔不講究，此原本為陸釣之釣竿，至於出海時則以壹丈或二間（三點六公尺）之釣竿，前端插上二尺、三尺之穗尖使用，訂做種類繁多。二接三接長度短，適合攜帶，但亦有人云，在魚掙脫之動作影響下，會退縮兩三段，並不適宜。然此事應著重接點處之強韌方是問題所在，但未見此等釣竿問世，此外，近來坊間出現甩竿加上二接之釣竿，名為隨身釣竿，皆是為手釣收竿之便而造。此隨身釣竿近來皆出自釣竿屋長門屋六右衛門之手也。

「這書裡提到，近來流行的隨身伸縮釣竿，皆出自長門屋六右衛門，也就是出自你的精心設計。因為我向來對新事物感興趣，所以看到這段描述時，便很想弄到手，因而向長門屋訂購。」

---

1. 津輕政兕，江戶時代黑石津輕家的第三代當家，官位為正六位下采女正。他所寫的《何羨錄》，是日本最早的釣魚指南書。

「這樣啊……」

六右衛門頷首。

「原本我想主動提這件事，不過，好在遊齋老師您先提到《漁人道知邊》，幫了我一個大忙。」

「這話怎講？」

「是關於《漁人道知邊》一書的作者玄嶺大人。」

「他怎麼了嗎？」

「玄嶺大人與我是舊識，在釣具方面，他總是能教導我一些新的設計，但最近他顯得無精打采，前些日子我去他府邸拜訪時，也問到這件事。起初他說沒這回事，但當我告訴他，近日我打算為隨身伸縮釣竿的事到人形町的遊齋老師家拜訪時，他便突然改變心意，對我說『既是如此，我有一事相求』，說出他無精打采的理由。」

「哦。」

「玄嶺大人其實是小普請組的武士，名叫加山十三郎，因為喜愛釣魚，不時會到長門屋露臉，大談釣魚經……」

在哪裡釣了幾尾蝦虎、哪裡的水路最近常可釣到沙鮻、哪裡的釣場風浪大——加山十三郎會一面與六右衛門展開這樣的對談，一面和他聊到釣具的新設計。

內容嶄新又有趣。

將十三郎說的內容實際做成釣具嘗試後，效果不錯，擺在店內販售，果然大賣。

從那之後，十三郎想出的設計，六右衛門會將它做成商品販售，賺得的利潤，會將當中的幾成轉贈給十三郎。

「其實隨身伸縮釣竿原本也是十三郎大人的發明構想。」

說到這裡，長門屋六右衛門說起了化名玄嶺老人的加山十三郎事蹟。

(三)

「既是如此，我有一事相求。」

加山十三郎小聲說道，身子微微前傾，臉湊向長門屋六右衛門。

「什麼事？」

「我剛才說自己沒事，其實是騙人的。」

「騙人的？」

「其實我遇上麻煩事。」

坦白招認後，之前掩飾的疲態頓時浮現十三郎臉上。

他年約五十出頭，與六右衛門年紀相仿。但混在黑髮中的白髮比六右衛門還多，看起來比實際年齡還老上許多。

「它入夜後就會出現……」

十三郎的聲音壓得更低了。

「出現什麼？」

「幽魂。不，應該可以說是鬼魂。雖然也可能是生靈，但它沒有頭……」

「沒有頭？」

「沒錯。」

十三郎緊收下巴，點了點頭。

「因為沒有頭，實在不知道是男鬼還是女鬼，不過，研判應該是男鬼。因為胸前沒鼓起，身上也是男性穿著。」

「他穿什麼服裝？」

「睡衣。」

「睡衣嗎？」

「嗯。」

「然後呢……」

「看他從衣袖露出的手和手臂，有皺紋和老人斑。依我看，應該是個頗有年紀的男人。」

「他都是在什麼時候出現？」

「我晚上睡覺時，都會醒來……」十三郎說。

深夜時分——

入睡後，會感到身體冰冷。

就像冷風從棉被間鑽進來。雖然已經睡著，但他自認事先都已用棉被將脖子周遭的縫隙封好，阻擋冷風入侵，但彷彿還是有冷風吹向棉被和身體間的縫隙。

夏天也一樣。

理應是悶熱難以入眠才對，但入睡後卻感到寒意襲身。

約莫半年前的某日——

他在半夜醒來。

理應感覺到颼颼寒風，但他滿身大汗。

正當他覺得古怪，突然察覺有動靜，望向右方枕邊。

那裡坐了個人。

似乎有人跪坐在榻榻米上，雙手擺在膝上，面朝他的方向。

此時他仍半睡半醒。

他用尚未完全清醒的腦袋思考。

會是誰呢？

現在是晚上，當然已經熄燈。

所以就算坐了個人，他應該也看不見才對，但他卻看出那裡有人。對方似乎穿著白色睡衣，靜靜注視著他。

可是不太對勁。

雖然對方像是高高的聳起肩膀坐著，但個頭未免也太矮了……

甫一想到這點，他矍然一驚。

跪坐地上的這個人，雙肩之間沒有頭。

仔細一看，他身上衣服從肩膀到胸口一帶，有黑色汙漬。

那是什麼？

是血。

一想到這點，頓時覺得可怕。

「哇。」

他大叫一聲，坐起身。

這時，理應在他枕邊的那個無頭鬼魂，突然消失。

他當自己多想了，那天晚上就這麼睡著。

然而——

過了五天，晚上又發生同樣的事，他在夜裡醒來，發現那名身穿白色睡衣的男子坐在枕邊。

他跪坐注視著十三郎。

此人沒有頭——也就是說，此人明明沒有眼睛，卻像是靜靜注視著他。十三郎覺得對方緊盯著他。

「哇。」

他大叫一聲，那東西旋即消失。

之後每次醒來，那東西總會跪坐在枕邊。

不過，那東西沒有要加害他的意思，也沒任何進一步的舉動。

就只是待在那裡。

然後像在訴說什麼似的，注視著十三郎。

只要十三郎起身，或大叫，他馬上就消失。

有一天，十三郎躺在床上，輕聲對他說道。

「你跟我有什麼仇恨嗎……」

他以低沉平靜的聲音道，那東西沒消失。

雖然沒消失，但也沒回答。

他沒有頭，也沒有口，所以無從回答。

到底是有怎樣的仇恨？

十三郎想理出個頭緒，但怎麼也想不透。

他對此人沒半點印象。

至少能看得出長相也好，但偏偏又看不到重要的長相……因為他沒頭。

如果看對方的手和手臂，可以猜出此人是頗有年紀的男性，但看不出身分。

「這件事持續半年了。」十三郎對六右衛門說。

「之前您可有向誰說過這件事？」六右衛門問。

「不，從沒說過。」

十三郎的妻子在四年前過世，獨生女也嫁作人婦。雖然有位固定到家中幫傭的傭人，但他也沒跟那位傭人說。

「你是第一個。」

加山十三郎回答後，六右衛門又拉回原本的話題。

「您說有事相求，是什麼事？」

「剛才你說要去拜訪人形町的遊齋先生，對吧？」

「對，您認識他嗎？」

「不，不認識，但聽過他的傳聞。」

「怎樣的傳聞？」

「聽說遊齋先生精通各種不可思議的事。」

「不可思議的事？」

「像鬼怪或妖怪，例如我現在遇上的這種詭異現象。」

「鬼魂嗎？」

「不過，終究只是傳聞。」

「然後呢？」

「既然你要去拜訪，我希望你能拜託他，能否幫我想想辦法，解決每晚出現在我枕邊的無頭鬼魂。當然了，我會付錢。我沒什麼積蓄，無法支付他大筆銀兩，但絕不會請他白白幫我這個忙。」

十三郎向六右衛門低頭行了一禮說道：

「拜託你了。」

（四）

遊齋挺直腰桿，端坐在榻榻米上。

在遊齋面前，是一臉疲態的加山十三郎，背對著壁龕而坐。

長門屋的六右衛門弓著背坐在遊齋身後，注視著他們兩人。

剛才六右衛門分別介紹過他們兩人，就此退向一旁。

「我從長門屋老闆那裡聽聞此事，可以請您再重新描述一遍嗎？」遊齋說。

「那麼……」

十三郎所說的內容，雖然先後順序有點變動，但大致與遊齋從六右衛門那裡聽聞的一樣。

然而，這並不表示就沒有問題好問了。

「我聽說，此事約莫從半年前開始發生，當時是否發生過什麼事呢？」

「這個嘛，沒發生過特別值得一提的事……」

「再小的事都沒關係。」

「我沒生什麼大病，親人或熟識也沒人遭遇不幸。真要說的話，那就是我在鐵砲洲釣了足足約一束[1]的蝦虎。」

一束——那也就是釣了上百尾的蝦虎。

「啊，有了。說到釣魚，還有一件事。剛好在那時候，遊齋老師您也看過的《漁人道知邊》，託您的福，已再版三刷。」

「再版三刷——」

「是的。」

1. 日本的量詞，十個為一把，十把為一束。

遊齋聽了十三郎的回答，一時閉上眼睛，隱藏他紅色的眼眸。

接著他紅色的眼眸再現，注視著十三郎。

「我記得這本《漁人道知邊》是參考《何羨錄》寫成，很多內容都是從那本書中抄錄吧。」

「對。」

「您是如何取得那本《何羨錄》？」

「既然您提到《何羨錄》這本書名，那您或許知道，這本書不像我的《漁人道知邊》，不是在木版上刻字印刷製成的。」

「沒錯。」

「《何羨錄》的作者，是津輕弘前藩的分家——黑石家的第三代當家，奉祿四千石的津輕采女正政兕大人。」

「是將近五十年前，采女正大人在江戶當差時寫的吧。」

「是的。」

十三郎頷首，望向遊齋。

「我是從兼松大人那裡借來的。」

十三郎之所以說是「借來的」，是因為《何羨錄》是手寫本。

基本上來說，是世上絕無僅有的一本書。

如果想看，只能向持有者借，如果想擁有，只能買下這本書，或是借來謄寫。

相較之下，《漁人道知邊》則是以刻字的木版印刷而成，不管印刷再多本，內容全都一樣。

「是不是這本書呢——」

遊齋從懷中取出那本《何羨錄》。

「啊，就是它沒錯。不過，您怎麼會有這本書呢？」

「是半個月前我向兼松大人借來的。兼松大人是代代侍奉津輕家的家臣，他的祖先兼松伴太夫大人，聽說曾以家臣的身分，在江戶侍候過采女正大人。」

「這事我也聽說過。」

「我想，是伴太夫大人將采女正大人所寫的《何羨錄》謄寫下來，當作傳家寶，代代相傳。」

「您為什麼知道兼松大人手上有這本書？」

「我最近開始釣魚。然後讀了您的《漁人道知邊》，覺得很有趣，於是試著找找看有沒有其他釣魚指南書，就此得知兼松大人有這麼一本書，因而拜託他出借。雖然書上沒記載，不過，聽說書中的插圖都是出自畫師英一蝶之手。」

「您看過了？」

「對。所以我才知道《漁人道知邊》是參考《何羨錄》寫成。」
「可是，這有什麼關聯嗎？」
「《何羨錄》的作者津輕采女正大人，他的第一任夫人聽說名叫阿久里。」
「是嗎？這我就不清楚了……」
「阿久里夫人是當時滿澤十五萬石的城主——上杉彈正大弼綱憲大人的養女，您知道她的親生父親是誰嗎？」
「不知道。是哪位？」
「是元祿時期，遭赤穗浪人四十七士討伐的吉良大人。」
「咦？」
「遭赤穗浪士斬首的吉良上野介義央，是采女正大人的岳父。」
十三郎當然也知道赤穗事件。
那是很有名的事件，還被改編成戲劇，至今仍不時在舞臺演出。
「吉良大人遭斬殺的那天早上，采女正大人還趕往案發現場。」
據說現場被斬斷的手腳散落一地，慘不忍睹。
「日後伴太夫大人多次告訴兼松大人，說當時采女正大人時常邀吉良大人一起出外釣魚。」

十三郎說。

「哦，原來有這麼回事。」

「他們原本感情就不錯，采女正大人後來因行走不便，而辭去城裡的工作時，相當替他擔心。」

「哦。」

「吉良大人似乎很喜歡釣銀魚，還請人製作他自己設計的魚鉤。」

「哦……」

「他說，若以自己的名字來命名，實在難為情，所以只留下自己名字裡的一個字，改用別的名稱。」

「這有什麼關聯嗎？」

十三郎不懂遊齋為何要提到這件事。

「我們來確認一下吧。」遊齋說。

「確認什麼？」

「我認為，《漁人道知邊》的三刷有點詭異。」遊齋咧嘴一笑。

「什麼……」

聽他這麼說，十三郎還是一頭霧水。

「您有《漁人道知邊》三刷的版本嗎？」

「啊，有……」

「可以請您拿過來嗎？」

「啊，好。」

十三郎急忙站起身，馬上回去拿了《漁人道知邊》回來。

「就是這個。」

「我們看看喔……」

遊齋將《漁人道知邊》和《何羨錄》擺在膝蓋前方的榻榻米上，交互看著這兩本書。

十三郎和六右衛門則是從上方窺望。

半晌過後。

「啊哈，應該就是它了。」

遊齋指著《何羨錄》中的某個地方。

上面寫「魚鉤圖大概」，畫了各式各樣的魚鉤。

魚鉤的圖像底下寫著「高木善宗流沙鮻鉤」、「阿久澤彌太夫沙鮻鉤」、「佐藤永無流，釣沙鮻、鰈用」這類的文字。

書中記載了這魚鉤是何人設計，釣何種魚用何種魚鉤。

遊齋所指的，是某個魚鉤圖底下的文字。

他指的地方寫著「水木吉兵衛流沙鮟鉤」。

十三郎和六右衛門確認過之後，遊齋說了一句「那麼，請看這邊」，手指改為移向《漁人道知邊》。

他指向對應於《何羨錄》中「水木吉兵衛流沙鮟鉤」的位置。

上頭寫著「水木 凵兵衛流沙鮟鉤」。

「看得懂嗎？」遊齋問。

「這、這有什麼含意嗎？」

「您是指這個字缺損的部位嗎？」

十三郎和六右衛門一頭霧水地望著遊齋。

「水木吉兵衛的吉字有缺損。」

遊齋朝他們兩人望了一眼。

「吉良大人姓氏的第一個字，相當於頭部的吉字有缺損，因而看不出是吉字。應該是三刷時有碰撞，或是出了狀況而造成缺損吧。如果加以修復，以四刷出版，吉良大人的鬼魂可能就不會再出現了。」

「這、這麼說來，水木吉兵衛就是吉良大人的……」

十三郎發出驚呼。

「可能是他的別名吧。吉良大人的吉字，就只有這位水木吉兵衛才有。」

遊齋露出皓齒而笑，瞇起他紅色的眼眸如此說道。

（五）

加山十三郎依照遊齋的吩咐處理後，之前夜夜出現在他枕邊的鬼魂便沒再出現了。

不，只出現過一次。

當《漁人道知邊》四刷問世的那天晚上，鬼魂又出現了。

和之前不一樣的是，這次鬼魂有頭顱。

一名白髮老翁的人臉出現在他面前，人頭完好地縫合在肩膀上。

吉良的人頭被赤穗浪士們帶往泉岳寺，在淺野家的墳墓前放置了一陣子後，被送回吉良家。

他的項上人頭與身體縫合在一起，之後得到安葬。

出現在十三郎面前的鬼魂低語道：

「真是感激不盡、感激不盡……」

說完便消失無蹤。

櫻花怪談

有田屋

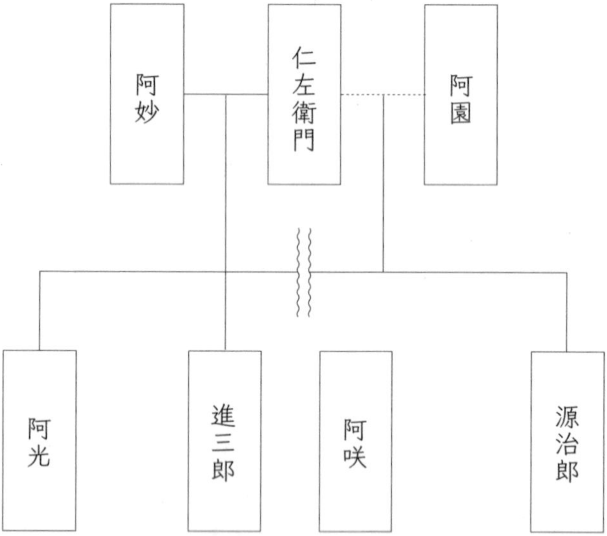

（一）

櫻花盛開。

花瓣像果實般厚實飽滿，枝椏因其重量而下垂。

每當清風徐來，便隨之搖曳擺盪，花瓣離枝散落，但還不至到櫻吹雪[1]的地步。

品川的御殿山正是櫻花盛開的時節。

此地是江戶的賞櫻知名景點。

許多人坐在櫻花下喝酒，享受各自準備的佳肴。

1. 櫻花花瓣紛飛，像颳起風雪般的一種形容。

也有人在一株特別大的老櫻樹下鋪上紅色毛毯，舉辦茶會，可能是某家大商號的人。
四面八方傳來三弦琴的琴聲。
賣飴糖的小販身處在孩子圍成的圓圈裡，敲響著掛在胸前的鉦鼓。

土平頭上三隻蠅
牠們不是隨便停
個個腳上穿雪屐

他一面敲著鉦鼓，一面唱著小曲。
鉦鼓的音色清亮。

土平土平土平
叫他土平，為何發火
土平年輕時可是美男子
土平土平土平

他是最近在江戶人氣很旺的飴糖小販土平。

長得清瘦高大。

他邊唱邊抬起他的長腳，擺動他的上半身，搖頭晃腦，肩膀上下起伏舞動著。

那滑稽的舉動，孩子們看得歡笑連連。

最近賣飴糖的小販可說用盡各種手段。

使用響器，唱歌跳舞以招攬人潮，販售飴糖。

身上穿的服飾也很華麗。

染成黃色的棉質無袖短外罩，上頭染上黑色的虎紋，裡頭穿的是紅綢內裡的衣服。短外罩繫上粗大的紅色繫繩，頭戴淡黃色的棉質頭巾。

放在腳邊，裡頭裝有飴糖的箱子，上頭立著黃色加上紅色鑲邊的陽傘，遠看也很醒目。

只要孩子央求，人在附近的父母就只能乖乖掏錢。

因為是這種地方，人們似乎比較捨得花錢。

御殿山前方不遠的品川大海，蔚藍的海面波光瀲灩。

有幾艘釣船浮泛其上。

可以望見外海有升起白帆的船隻，看來是來自伊豆一帶。

悠閒宜人的景致。

這時，人們的目光全集中在某一個點上，因為從那裡傳來一聲尖叫。

女人的尖叫。

是在老櫻樹下鋪紅毛毯，舉辦茶會的一行人所發出的尖叫。

原本正在泡茶，像是這家大商號老闆娘的婦人，手中的茶刷掉落，跪在地上。

婦人的頭偏成奇怪的角度。

婦人持續從口中發出尖叫。

「夫人。」

「阿妙夫人。」

周遭的人都叫喚婦人的名字，問她發生了什麼事。

這時──

婦人那梳理得很漂亮的髮髻，突然散落開來，往上浮起。宛如怒髮衝冠。

就這樣在眾人目睹下發生了怪事。

婦人的膝蓋離開毛毯，浮了起來。她穿著白色二趾布襪的腳尖，也離開了毛毯。

婦人的身體緩緩浮離地面。
在場眾人都想按住她的身體，但只摸得到她的指尖，她的身體仍繼續往上飄浮。
有人一把抱住婦人的腰，但還是沒停下。
婦人的身體從頭部開始，逐漸隱沒在頭頂的櫻花中。
無數的櫻花將她的身體包覆。
婦人一半身體被櫻花遮掩而看不見。
她從櫻花中發出更高聲的尖叫。
這時——
有東西從櫻花中掉落，落向底下的人們身上。抬頭觀看的眾人臉上，被染成點點鮮紅。
是血。
尖叫聲戛然而止。
只傳來某個聲響。
咔滋。
咔滋。
牙齒啃咬生肉的聲響。

啪嚓。

啪嚓。

牙齒咬斷骨頭的聲響。

有東西在櫻花中啃食婦人。

不久，咚的一聲，一個沉重的東西落向毛毯。

是婦人的頭顱。

（二）

這是個不可思議的房間。

格局和普通長屋一樣，但裡頭東西繁多。

土間、榻榻米上，都擺放了許多物品。

這些可不是尋常之物。

有三顆眼睛的骷髏頭、異國的王冠。

玻璃製作的外國人像。

許多堆疊的卷軸。

無數的甕。

附把手的盒子，可能是最近流行的靜電機。

上半身是猴子，下半身是魚的木乃伊。

來路不明的生物骨骼。

這些東西隨處擺放，幾乎都看不到底下的榻榻米了。

裡頭好不容易有一處可供人坐的場所，那裡坐著一名男子。

一頭白髮。

不過，那與老人的白髮又不太一樣。那是生命力旺盛、充滿生氣的白。

他長長的白髮，在腦後以紅繩綁成一束馬尾。

膚色白淨。

眼睛細長，眼尾朝向太陽穴，就像是用刀子劃出似的。

他的容貌和舉手投足，都顯得優雅迷人。

他是這個房間的主人，遊齋。

雖然住在人形町的這座鯰長屋裡，但他的真正來歷卻沒人知曉。
首先，不知道遊齋多大年紀。
由於一頭白髮，外觀看起來像老翁，但他的雙眼有神，有時甚至覺得他只有三十多歲。紅潤的嘴脣，看起來像女人。
他的眼眸呈紅色。
「土平兄，你看見了嗎？」
他的紅脣微動。
「我看見了。」
開口回答的，是坐在遊齋面前那名賣飴糖的小販。
年約五十。
身材高大。
他縮著六尺[1]有餘的身軀，坐在地上，但彷彿光是這樣坐著，便已幾乎填滿這房間的空間。
他身旁擺著裝有飴糖的箱子，以及摺疊收好的陽傘。
「這樣啊。御殿山發生的那起事件，我也有耳聞。聽說有位婦人被吃掉了。」
「對。」

土平頷首。

「婦人的頭髮倒豎，整個立起。」

土平的雙眼水亮生輝。

「之後鮮血像這樣噴灑而下。」

「然後呢？」

「有個東西從上方咚一聲掉落，是那名婦人的人頭。」

土平像是想起那幕光景，微微搖了搖頭。

「那幅景象看一遍就夠了，實在不想再看第二遍。」

雖然他這樣說，但嘴角微微上揚。

「你好像很開心呢。」遊齋說。

「不，請您別說笑了。我哪會開心呢。」

土平朝自己臉頰用力一拍。

「我這身體和長相，是天生就這個樣子。」

1. 日本的六尺為一點八二公尺，比中國的六尺少些。

他朝臉頰摩娑了兩、三下。

土平的臉又寬又大。

下巴往前突出，眼、鼻、口也大，就像戴了一副這樣的面具。然而，這是一張很討喜的臉。他的眼睛和嘴巴的動作都很滑稽，可能光靠這樣的臉蛋就能吸引孩子靠近。

他打自己耳光的手掌也很大。

土平嘆了口氣，接著深吸一口氣，感覺房內的空氣幾乎全被他吸光了。

這時遊齋哼起了一首和歌。

不論遠行或歸來　素昧平生或熟識
別離重逢皆在此　聞名遐邇逢坂關

「這是百人一首¹對吧？」土平說。

「是蟬丸法師所寫。」

「這我好歹還知道。」

「這樣啊。」

遊齋頷首。

「那麼，能樂中有一曲《蟬丸》，你知道嗎？」

他向土平詢問。

「這我不知道。有這麼一齣劇目嗎？話說回來，我向來沒接觸能樂。這有什麼關聯嗎？」

「當中有『逆髮』的橋段。」

「什麼？」

（三）

作者不明的能樂，有一曲名為《蟬丸》。

有人說作者是世阿彌，但此事未有定論。

不過，在世阿彌的藝談集《申樂談儀》中，他曾針對這個劇目說「關於逆髮之能樂……」，所以他

1. 歌人藤原定家私撰的和歌集。挑選了直至《新古今和歌集》時期的一百位歌人各一首作品，彙編成集。

曾演出此劇，這也是事實。

關於這曲《蟬丸》……

從者[1]是位名叫蟬丸的盲眼琵琶法師[2]。

他是延喜帝（亦即醍醐天皇）的第四皇子，有人說他天生就眼盲，也有人說是日後才眼盲。

但在這一曲中，他打從一出生就是盲人。

故事如下。

蟬丸，一位琵琶能手。

但由於眼盲，在天皇的命令下，被丟棄在逢坂山。

關於蟬丸的出身，留下了許多故事，有個故事甚至還說他是侍奉敦實親王的雜色[3]。

不過，這裡講的是能曲裡的故事。

一手琵琶　一手拄杖

伏地打滾　淚眼漣漣

伏地打滾　淚眼漣漣

接著是間狂言[4]。

獨自一人的蟬丸抱著琵琶，正為自己的未來感到擔憂時，聽聞蟬丸遭遺棄而趕來的，是官拜三位的樂人，名叫源博雅。

博雅因為想向琵琶名手蟬丸學藝，因而前來追尋其下落。

博雅在當地蓋了一座草屋，讓蟬丸在此住下，並吩咐蟬丸，如果需要幫助，隨時都可跟他說一聲，就此離去。

這時登場的，是主角逆髮。

逆髮是延喜帝的三公主，亦即蟬丸的姊姊。

姊姊是瘋子，頭髮蓬鬆倒豎，因此被逐出京都，流浪諸國，碰巧來到蟬丸在這座逢坂山居住的草屋。

---

1. 原文為「ツレ」，指能曲中跟著主角登場的人物。
2. 平安朝時期，以彈琵琶為業的盲眼僧人。
3. 雜色是藏人的見習人員。而藏人是日本平安時代初期在律令制底下所設置的官職。
4. 狂言師在能樂中負責演出的部分。

兩人重逢，得知彼此是姊弟，但之後又得別離。

彼此道別離
叮囑常來訪
目送親人行
聲音幽微　漸行漸遠
淚如泉湧　就此別過
淚如泉湧　就此別過

（四）

「這一曲也太悲傷了吧。」土平說。

遊齋終於說明完這首曲子，土平朝他露出不滿的神情。

對這世界留有遺憾的亡靈，出現在許多能曲中。這些亡靈被收伏，或是被送往西天極樂，就此從世上消失，像這種內容的故事相當多。

這些事，土平好歹也知道。

但在這一曲中，蟬丸和他姊姊逆髮的命運，卻沒有任何解決，兩人便道別彼此。

土平說得很有道理。

「沒錯。」

遊齋臉上沒顯現任何情感，點了點頭。

「這麼說來，你看到了吧？」

遊齋那紅色的眼眸，注視著土平。

遊齋的臉微微往右傾，像在詢問般，模樣就像最近頗獲好評的鈴木春信[1]所畫的女人似的。

「對，我看到了。」

土平以他寬大的下巴頷首。

「長什麼樣？」

「是一隻手。」

1. 日本江戶時代中期的浮世繪畫家，以創作美人畫聞名。

「果然沒錯……」

「遊齋老師，您說果然沒錯，可是您又沒親眼目睹。」

「我知道。」

「為什麼會知道？」

「這事之後再說，請接著講。」

「咦，好……」

這時，土平改為輕鬆的坐姿，從跪坐改為盤腿而坐。

他低下頭，壓低聲音說道：

「是一隻青黑色的大手。那隻手從櫻花中降下，像這樣一把抓住婦人的頭髮，將她提了起來……」

土平的喉嚨發出咕嘟的吞嚥聲響。

「然後呢？」

「因為看不到那隻手，所以其他人都只覺得是頭髮倒豎……」

「其他人看不見？」

「這是當然。」

「然後呢？」

「伸出那隻手的傢伙，在櫻花中吃了那名婦人，砍下她的頭。」

「你看到那傢伙的模樣嗎？」

「不，它躲在櫻花中，看不見。哎呀，到底是怎樣的傢伙吃了婦人，我也很想看個清楚，真遺憾。」

說這話的土平，嘴角往上揚。

他的嘴形明顯看得出他在笑。

（五）

土平在看表演的眾人面前轉動人偶。

「請把金幣還我。」

「不，因為金幣已經埋好了，無法還你。如果你非要不可的話，一兩金幣我酌收兩分錢的工錢。」

「你不是說，將金幣埋起來就會長出樹，到秋天便結出像金幣的果實，數量跟樹葉一樣多嗎？」

「我確實說過。」

「現在仔細想想，根本不可能有這種事。」

土平用女人的聲音說道。

演得相當逼真。

接著土平以男人的聲音說道：

「不管怎麼說，相信我說的話，寄放五兩金幣在我這兒的人是妳。妳說的我聽不見，聽不見。」

土平把箱子擺地上，朝左右兩邊打開箱子，在上面操控兩具人偶。人偶與土平手中組成十字形的木棒相連。

一具是青蛙人偶。

一具是猴子人偶。

大小不足一尺。

他讓青蛙人偶穿上紅衣，所以看得出是女性。

猴子人偶穿著黑色短外罩，所以看得出是男性。

兩具人偶的手腳、頭部，都有絲線往外延伸，土平單手俐落地擺動木棒和絲線，操控著人偶。

左手操控青蛙女，右手操控猴子男——

箱子外側裝了一根竹筒，傘柄就放在裡頭。土平的頭上張著那把紅黃兩色的華麗陽傘。傘柄處有根像木棍般的東西往外延伸，橫越木箱上方，土平不時會將操控人偶的十字形木棒卡在那根木棍上。空出的另一隻手，則是敲打鉦鼓打節拍。

真有意思。

他人在柳樹下。

柳樹的前方不遠處，是混雜了海水的河川。

小網町——河裡有好幾艘船一字排開。

這一帶水運發達，賣米或賣油的批發商不少。

土平就在這種地方，背對著河面做生意。

以歌曲招攬人潮，以人偶吸引人們目光，向圍觀的群眾兜售飴糖。

圍在土平身邊的，有六名孩童、像是孩童母親的三名婦人，以及像是出外跑腿，某家店裡的男夥計。

可能某個地方在舉辦喪禮，和尚的誦經聲順著風聲傳來。

土平結束人偶表演，開始賣飴糖。

他一面賣飴糖，收錢找錢，一面對婦人們說道：

「話說回來，真是不幸呢。是有田屋的夫人對吧，聽說兩天前過世了……」

土平邊說邊收錢，低頭鞠躬。

由於他身材高大，所以得縮起肩膀，脖子往前伸，低頭行禮。

動作相當滑稽。

「進三郎先生真是可憐……」

「半年前才剛娶媳婦呢。」

「對啊，是阿咲夫人。」

也沒人問，婦人們就自己開始談起有田屋的內幕。

「不過，說到阿妙夫人的死狀……」

「真是可怕啊……」

婦人們正妳一言我一語時，兩名男子走來。

婦人們發現後讓向一旁，兩名男子旋即擠進空出的位置，站在土平面前。

「飴糖老闆，不好意思，我們目前正在治喪。」

一名男子說。

另一名男子補充：

「我們不希望這裡太過熱鬧。不好意思，如果你是要做生意，希望你今天能改到別的地方做。」

說著說著，男子手伸進懷中。

「這點小意思，請收下。」

男子從懷中取出某個東西，讓土平握在手中。
不用張開手來看也知道。是兩個一分金[1]。
「是我的疏忽，真是失禮了。」
土平低頭鞠躬。
他拿起人偶，打開箱蓋，收好人偶，將左右打開的箱板折好，蓋上蓋子。
孩子們顯得一臉掃興，婦人們牽起孩子們的手，轉身離去。
見土平已準備離去，前來的那兩名男子也隨後離開。
土平的目光緊盯他們的背影，揹起箱子，左手握住傘。
「應該就是今晚了吧。」
他就像將話語撕碎丟棄般，如此喃喃低語。

（六）

交疊的石牆上種著柳樹，土平就坐在柳樹下。

他的腰部下方有口箱子，他人就坐在箱子上。

入夜後——

海潮在黑暗中湧來，沖向他腳下。

此刻是漲潮。

十六夜的明月高掛夜空。薄雲掩映，月暈朦朧。

有風。

不強也不弱的風。

儘管如此，還是足以吹送散落的櫻花花瓣，不時會有不知從哪兒飛來的花瓣，在月光中翩然飛舞，落向湧來的海潮。

他並非刻意縮起身子，讓自己得以隱身在柳樹下，只不過，若是要眺望明月和海潮，他這身模樣實在有點怪異。

他讓人偶坐在他右肩上。

是穿著紅色衣服的青蛙人偶。

1. 江戶的流通貨幣。一分金相當於四分之一兩。

人偶面向土平。

土平則是朝人偶的臉部偏著頭，把自己的右邊臉頰貼過去。

「嗯。」

「哦。」

土平不時會微微動起嘴唇。

接著他像在點頭般，收起下巴。

看起來就像趁著暗夜在和人偶甜言蜜語。

從稍早前，土平便一直這麼做。

不久，土平的嘴唇和臉部都停止動作。

「今晚就只到此為止了嗎……」

他像在低聲抱怨似說道。

土平心不在焉地望著朝岸邊湧來的海潮，以及飄落的櫻花花瓣。

這段時間都沒行人。

點亮好一陣子的住家燈火，許多都已熄滅。

不久——

土平抬起頭，望向左手邊的方向。
沒半個人影。
不過，有個影子逐漸靠近。
是貓嗎？
因為差不是這個大小。
但那不是貓。
之所以這麼說，是因為那影子靠兩隻腳行走。
動作並不快。
左搖。
右擺。
走起路來搖搖晃晃。
月光在地上投射出那東西的影子。
看起來像人，但不是人。
是那個猴子人偶。
猴子人偶步履蹣跚地走著，朝土平靠近。

土平雙手抱住那朝他走來的猴子人偶。

這時——

猴子馬上停止動彈，恢復成普通人偶。

土平站起身，打開箱蓋。

他將兩具人偶收進箱子內，扛起箱子站起身。

左手握著傘。

緩緩向前邁步。

途中往左轉，朝北而去。

如果一直這樣走下去，便可來到人形町通。

土平走了半晌後，才停下腳步。

他站定後，轉身向後。

他定睛打探黑暗深處的動靜。

「嗯……」

他恢復原本神情的臉龐，嘴角上揚。

很開心似地笑著。

他再度向前邁步。

走了一小段路後，突然右轉。

他加快腳步。

像跑步似地走著，再度往右轉。

前方有一座鳥居，土平通過那座鳥居。

這裡是橘稻荷神社。

石板路一路連往神社境內的中央，神社位於裡頭深處。

土平背對神社而立。

他張開原本握在左手的那把傘，將傘柄插進安裝在背後箱子旁的竹筒中。

他手伸向背後，打開箱蓋，從中取出一具人偶。

是那具猴子人偶。

由於土平手長腳長，才有辦法做出這樣的動作。

他握住人偶，靜靜等候。

眼前是他剛才通過的鳥居，左右邊是花朵盛開的櫻花樹。

在月光下，花瓣翩然飄落。

剛才還吹拂的風，現在已經止息。

花瓣不是因風吹而離開枝椏，而是承受不住自己的重量而掉落。

掉落的花瓣，不時會微微地往左右飄。這並非風吹的緣故，而是花瓣的形狀使然。

會到這裡來嗎？

土平如此思索。

他追查的那個東西。

會來。

土平心裡這麼想。

他原本打算去人形町的遊齋住處向他報告。

但他感覺到氣息。

有人在他後面一路尾隨。

看不見身影的某個東西。

對方應該一路追到了此處才對。

沒找遊齋，改為進入這座神社，就是想將對方引誘到這裡。

他停下來等候時，感覺鳥居外面的黑暗中，那一路尾隨的東西也停下了腳步。

對方的氣息靜止不動。

似乎是從鳥居外頭靜靜打探著土平的氣息。

那東西的意志，彷彿能靜靜穿過鳥居，傳向土平。

對方靜止不動。

於是——

土平悄悄在地面擺上猴子人偶。

人偶沒倒地。

以雙腳站立。

「去吧……」

土平一聲令下，猴子人偶就此動了起來。

左搖。

右擺。

猴子人偶擺動著身軀，走在石板路上，朝鳥居的方向而去。

在來到鳥居那一帶之前，還看得到猴子人偶。

當它穿過鳥居，身影便融入黑暗，再也看不見。

因為往頭頂延伸的櫻樹遮蔽了月光。

有聲響。

像風一般的東西展開動作的聲響。

接著是那具以木頭、布及自身體毛做成的人偶，與某個東西碰觸的聲響。

喀嚓……

喀

嘎吱……

是人偶被野獸的下巴啃咬的聲響。

聲響突然停止。

有個東西從鳥居對面的黑暗中飛來，落向土平腳下。

人偶的頭和身軀被撕裂。

那仰躺在地上的人偶，微微動了一下。

那具猴子人偶想站起身。

但無法保有站立的姿態，旋即倒下。

這時——

鳥居外面啵一聲，冒出小小一顆火球。
是藍色的火焰。
啵。
啵。
藍色火焰的數量不斷增加。
是磷火。
一顆、兩顆、三顆……
空中點亮了五顆磷火。
隨著發光的磷火數目從四顆增加為五顆，鳥居外面的黑暗中，有個東西的身影顯得愈來愈清楚。
那是一張人臉。
可怕的是，那張人臉上下顛倒。相當於人們膝蓋的高度處，飄浮著一張顛倒的人臉。
下巴在上，頭部在下。
沒有頭髮。
眼睛像蛋一般渾圓，泛著黃光，咧嘴而笑，露出白牙。
「你聽到了吧……」

他那帶著笑容的嘴脣說道。

「你聽到了吧……」

在飄飛而下的花瓣中，那張臉緩緩走向前。

那東西爬到了月光下。

藉著磷火和月光，可以看出他的模樣。

一個全身赤裸的人。

赤裸著身子，像狗一樣用四隻腳在地上爬行。

但他的模樣著實古怪。

他腹部朝上，背部朝下。以仰躺的姿態，雙手雙腳撐地，就此爬行。

因為他的肩關節和股關節的可動區域大得異於常人，並不會覺得他是勉強往後挺起身子，而是以雙手雙腳撐地。

由於他伸長脖子，仰頭般讓頸部往後彎曲，所以那張顛倒的臉孔正好面向土平。

那東西的胯下有根像狗尾巴一樣，又粗又長，充滿邪氣的陽具，斜斜挺向天際。

這時——

有個東西從神社旁衝出。

是一隻狗。

這隻狗原本可能在神社的外廊底下睡覺，因發現有奇怪的入侵者，這才衝了出來。

狗從土平身旁奔過，在那奇形怪狀的東西前方停了下來。

吼……

一陣沉聲低吼後，牠露出利牙猛吠。

緊接著——

飄浮在那東西四周的磷火，其中兩顆像生物般飄然舞動，來到那隻狗的頭頂上，接著就像蝴蝶停歇在花朵上，落向狗的身體。

狗的吠叫聲頓時停止。

緊接著從狗口中發出的聲音，不是吠叫，而是明顯的痛苦呻吟。

狗開始掙扎。

愈是掙扎，磷火的藍色火焰愈是熾盛，顏色也由淡轉濃。

那隻狗不再動彈。

磷火移開後，那隻狗當場倒地不起。

牠化為一具乾涸的木乃伊，沒了呼吸。

「唔！」

土平嘴角上揚。

嘴形看起來像是露出開心的微笑。

在野狗上方舞動的磷火，忽左忽右地飄動，朝土平直飛而來。

土平面露微笑，一動也不動。

磷火的飛行方式像蝴蝶，往左右不規則地擺動，不知道下個瞬間會飛去哪兒。

颼。

颼。

磷火接連拉出藍色的殘影，朝土平飛撲而來。

就在它們來到土平面前一尺半的距離時——

啵。

啵。

宛如遭到某個看不見的東西撞擊般，在空中碎裂四散。

兩顆磷火碎裂，化為無數的殘火，就此消失。

咔啦、咔啦，那東西的頭交互地偏向左右兩側。

「不論是……你剛才的舉動……還是你的人偶……你看起來都……不像是普通人……」

咔啦。

咔啦。

那東西的頭往左右擺動。

「你可別以為這是一把普通的傘喔。」

土平說。

「不屬於這世間之物，就無法進到這把傘下。」

「既然這樣，那我就自己走過去……」

啪噠。

啪噠。

那東西挪動手腳，逐漸走近。

那動作就像一個殺了五個人的惡人，活生生從噩夢中走出一般。

那東西已逼近眼前。

他抬眼望著土平的那對眼珠，看得出上面有好幾道藍色的血絲。

那東西沒停步。

土平也沒逃跑。

颼。

那東西的左前腳，亦即他的右手，陡然向前探出。這隻手伸進傘內，一把握住土平的右腳踝。

「哇。」

土平使勁以左腳踩向那東西的右手，向後躍開。

「你竟然能進入這把傘內。」

土平臉上表情起了變化。

「你是普通人？」

土平眼角往上挑。

但他嘴角仍掛著笑意。

這東西應該無法進入傘內——土平原本這麼以為。結果並非如此。對方右手伸進傘內，抓住他的右腳踝。

其實要是被那東西抓住的話，土平應該無法掙脫。是在對方朝手指使勁前——亦即他手伸過來時，土平就已經開始展開動作，所以才來得及。如果在那一瞬間，他踩向那東西右手的動作稍有延遲，被握住腳踝，想必會被拖倒在地。

若是這樣，不知道會有什麼後果。

「有意思。」

土平露出皓齒。

那張顛倒的臉，馬上抬眼望向土平。

長長的藍色舌頭從那東西口中伸出，軟趴趴地舞動著。

那張臉的四周有三顆磷火，像藍色蝴蝶般飛舞。

就在這時——

叮鈴……

叮鈴……

傳出細微的聲響。

是鈴鐺聲。

叮鈴。

叮鈴。

鈴鐺聲逐漸靠近。

那東西的背後——鳥居所在處，出現一道人影。

叮鈴。

叮鈴。

那道人影穿過飄落的花瓣，靜靜走進月光下。

就像一大朵花——例如白色的牡丹花，緩緩敞開花瓣，速度就像這般緩慢。

長長的白髮，在月光下閃著銀光。

櫻花花瓣一瓣、兩瓣，落在他頭髮上。

他穿著一件雪白的道袍。

腳下穿著長靴。

身上披的衣服，每走一步，就會翩然舞動，露出內裡。內裡的顏色，是在夜裡一樣鮮豔的赤紅。

他背後揹著某件樂器，就像琵琶法師一般。

那是琴筒和琴桿皆塗黑漆的弦樂器，二胡。

他右手握著一根長四尺八寸的手杖。

他緊握的那隻手上方——杖頭的部分，有龍的雕刻，如同纏繞在手杖上。

從龍頭一帶垂掛著一條圍成圓圈的繫繩，繫繩前方掛著兩個鈴鐺。

那人影每次拄杖行走，就會搖響鈴鐺。

人影停步。

張開他那宛如女人般的紅唇。

「怎麼了，土平……」

一個比銀鈴清亮的聲音響起。

「遊齋老師……」

「因為你遲遲沒回來，我才來查看情況。」

遊齋說。

「原來是這種情況啊……」

遊齋的聲音和表情始終沒變。

對那東西來說，正面是土平，後方是遊齋，處在一種被前後包夾的狀態。

那東西手腳往一旁挪動，轉換身體的方向，採取可以望向左右兩旁的遊齋和土平的姿勢，向後方退卻。

來到可以同時望見他們兩人的位置後，那東西停止動作。

呼——

呼——

那東西展開呼吸，磷火像泡泡般，從他口中輕盈地飛出。

一次兩顆。

五顆磷火閃亮地在空中飛舞。

磷火突然動了起來。

速度飛快。

這已不是蝴蝶的動作。

磷火拖著長長的藍色殘影，往左右飛去。

兩顆飛向土平。

三顆飛向遊齋。

那兩顆磷火正準備鑽進土平傘下時，便像剛才一樣碎裂四散。

遊齋緩緩舉起握在右手上的手杖，杖尖在空中揮了三下。

無比優雅的動作。

明明看起來不是多迅速的動作，但杖尖輕輕打中飛來的磷火。

那三顆磷火被手杖打中後，就像想鑽進土平傘下的磷火般，化為無數光球。

在那散落的小光球消失時，那東西同時消失無蹤。

（七）

這裡是遊齋位於人形町的住處。

燈臺上立著一根紅蠟燭，只有這裡亮著燈。

那火焰搖曳，顏色變換，由紅轉黃，再由黃轉藍。

火光的顏色在端坐地上的遊齋白皙的臉頰上舞動。

「不管什麼時候看，都覺得這火焰的顏色真美。」在遊齋前方盤腿而坐的土平說道。

「因為這是人魚蠟燭……」遊齋說。

在海邊的一座村莊裡，有一對老夫婦。

他們製作蠟燭販售，以此為生，兩人膝下無子。

這對夫婦某天拾獲一名女童，不過這人可不是普通的女童。這女孩是人魚。

但這對夫婦還是很用心地養育這名人魚女童。

女孩長大後，開始幫忙老夫婦工作。以紅色顏料在蠟燭上作畫。此舉頗獲好評，蠟燭大賣，老夫婦開始過起輕鬆的日子，但這時有位江湖藝人聽聞此事，前來拜訪。

「聽說您府上有位人魚姑娘。可以將人魚賣給我嗎？」

老夫婦一時因江湖藝人拿出的大筆銀兩而鬼迷心竅，把女孩賣給了江湖藝人。

女孩在最後這天晚上，將剩餘的紅色顏料全部用完，把所有蠟燭都塗成紅色。

女孩被賣出的那天晚上，颳起暴風雨，襲擊村莊。

因為這場暴風雨，被賣走的女孩所搭乘的船隻沉沒，而這村莊也日漸荒廢，日後再也無人居住，成了一座荒村。

遊齋取得人魚女孩所做的紅色蠟燭，珍藏使用。

「對了，回到剛才的話題，那東西的手伸進你傘下是吧。」

「是的。」

土平頷首。

「暗火魂我擋下了，但那傢伙的手……」

「這麼說來，那東西是人類？」

「不，他不是人類。如果他是人類的話，那實在太……」

在前來遊齋家的這段路上，土平已將大致情形告訴遊齋。

遊齋聽完後那樣說道。

「他大概是從有田屋一路在我後面尾隨吧。」

「為什麼要尾隨你？」

「應該是想收拾我。」

「因為你用人偶偷聽有田屋的談話嗎？」

「可能是。」

「剛才我在路上聽你說過，不過，可以請你將偷聽到的對話再仔細說一遍嗎？」

「要說幾遍都行。」

說完後，土平又重新將他從有田屋偷聽來的談話說給遊齋。

（八）

位於小網町的米行——有田屋。

只有幾個人待在屋裡。

分別是有田屋的店主仁左衛門、兒子進三郎、兒子半年前剛娶進門的妻子阿咲。

大掌櫃嘉兵衛。

女侍總管阿富。

合計五人。

夜已深。

座燈已點亮，五個人臉上都映照著燈火的顏色。

離座燈不遠處，鋪著藍色的綢緞坐墊，上面擺著塗紅漆的髮梳，以及用和紙包好的一束頭髮。

坐墊旁的榻榻米上立著牌位。

仁左衛門的妻子阿妙兩天前去賞花時，離奇死在御殿山，這些都是她的遺物。

倒放的屏風立在一旁[1]，就像要遮掩壁龕般。

阿妙的身體唯一完好的，就只有一開始掉落的頭顱。

再來就只有幾根手指、一部分內臟、分不出是哪個部位的肉塊，卡在櫻樹下的地面或樹枝上。

除了頭部以外，她的身體全被某個東西啃食精光。

而且還看不見那個東西。

一直到昨天為止，不論是官差前來驗屍，還是寺院的和尚前來，都不明白是怎麼回事，顯得很慌亂。

當有人離奇死亡時，如果沒有明確的死亡證書，沒辦法舉辦喪禮。

好不容易今天下午終於可以私下舉行簡單的喪禮。

將頭顱運往寺院時，用的不是座棺，而是寢棺[1]。

在可以躺一個人的寢棺裡，放入一顆人頭，周圍再放進阿妙生前心愛的小東西和衣物，以此出棺。

因為忙著善後及處理雜務，店主不久前才好不容易抽空在這個屋子裡與眾人見面。

一臉茫然，顯得魂不守舍的，是店主仁左衛門。這事件太過詭異，加上這兩天半忙得不可開交，根本就無暇哀傷，而此刻疲憊和失落感一次向他湧來，才會流露出這樣的神情。

「各位，今天真的很謝謝大家前來……」

以沉穩的聲音如此說道的，是進三郎。

進三郎原本有哥哥和妹妹，哥哥源治郎三年前過世，妹妹阿光去年秋天嫁往相州小田原一戶商家。

其實原本打算將喪禮延至明天，等阿光回來，但人頭不能一直這樣擱置，所以才選在今天舉辦喪禮。

為了晚點才會到來的親戚，以及人在遠方的親人，已事先將阿妙的遺物留在家中，讓他們在這裡膜

1. 用來防止死者被惡靈附身的一種避邪方式，基於死後的世界與陽間的世界相反的這層含意，會將屏風倒過來擺放。
2. 座棺是以坐姿收納死者，寢棺則是以橫躺的姿勢收納死者。

拜牌位和遺物。

紅色的髮梳，原本插在掉落的人頭頭髮上。

此時在場的眾人中，與仁左衛門有血緣關係的，就只有進三郎一人。

「哪兒的話。這三天來，少爺您幾乎都沒闔眼，代替老爺忙東忙西……」

反過來出言慰勞進三郎的，是大掌櫃嘉兵衛。

「不不不，說到沒闔眼，大家也和我一樣。嘉兵衛先生，正因為有你在，今天的喪禮才得以落幕。真是辛苦你了。」

進三郎低頭行了一禮。

「不，比起我，阿富做得更多……」

經嘉兵衛這麼一說，阿富也開口了，接著是阿咲開口，大家都相互慰勞，就只有仁左衛門一句話也沒說，望著空中。

就算跟他搭話，他僅是簡短回一句「哦……」「嗯……」。

「爹……」進三郎喚道。

「少爺，不必硬要老爺說話。畢竟他親眼目睹夫人那樣的死狀……」

阿富對進三郎說。

「不過，說來還真可怕。現在我一閉上眼睛，那幕光景還是會浮現眼前。夜不能眠，也是因為會想起那件事，所以才不想闔眼。」

嘉兵衛就像要從腦中趕跑什麼似的，微微搖了搖頭。

「她心愛的髮梳，好不容易找到了，還插著出門……」

這是阿咲說的話。

「娘當時很高興……」

阿咲接著說。

「可是，為什麼會發生那種事……」

她向眾人拋出疑問。

「樹上到底有什麼東西呢？」

「我現在害怕得不敢走在櫻樹下。」

「到底是發生了什麼事？」

「是鬼怪或天狗，總之，一定是妖怪幹的好事。如果是人類，不可能做出這麼殘忍的事……」

「大家也都接受了官差的偵訊吧？」

「對，一再接受問話……」

「不過，不管再怎麼問，不知道還是不知道。」

「為什麼會發生那種事呢？」

眾人你一言我一語，開始談起當時的事。

然而，就只有仁左衛門不發一語。

「大家可能還有很多話想說，不過，明天又得忙碌，大家該就寢了。」

進三郎如此說，這時，仁左衛門開口低語：

「虎丸也沒找到……阿妙也變成那副模樣……」

仁左衛門的身軀開始微微顫抖。

當時阿妙的頭顱就掉在仁左衛門腳邊。目睹那一幕，遭受太大的衝擊，所以他不光心靈受創，就連肉體也一蹶不振，遲遲無法恢復。

「阿妙為何會遇上那種事……」

仁左衛門的聲音戛然而止，因為進三郎移膝向前，摟住他的肩膀。

「爹，我們去睡。大家解散吧。」

就像在附和這句話，女侍總管阿富也說道：

「床鋪已經鋪好了，隨時都能就寢。」

（九）

「我就只聽到這裡……」

土平大致說完他讓人偶潛進有田屋所聽到的內容。

土平用他那雙大手握住自己膝蓋，就像要將它包覆一般。

他說的內容比起遊齋剛才在路上聽到的還要仔細。

「之後再也聽不到說話聲了，我便把人偶召喚回來。」

就在他前往人形町的遊齋住處路上，被那個既像怪人，又像狗的東西襲擊。

「原來是這麼回事……」

遊齋頷首，蠟燭的燈光棲宿在他的眼眸中。

火光在他臉頰上搖曳。

「有幾件事我很好奇，不過在那之前，我想再問一件事。」

「什麼事？」

「你可有向左鄰右舍打聽關於有田屋的事？」

「當然有。」

土平頷首。

「就算你沒問，我接下來也正打算告訴你。」

「那麼，請繼續往下說。」

「雖然不是什麼多要緊的事，不過謹慎起見，還是先告訴你一聲。喪命的阿妙夫人，與進三郎的妻子阿咲，其實處得不好。」

「哦……」

「不過，雖說感情不好，但因為兩人是婆媳關係，這也是世間常有的事。」

「然後呢？」

「這位媳婦阿咲是個大美人，原本是品川藥行辰巳屋老闆的女兒。與其說是父母決定的婚事，不如說是阿咲喜歡進三郎，辰巳屋主動上門說媒，這才談成這門婚事。」

「嗯……」

「嫁妝三百兩。」

土平如此道，打量著遊齋的神色。

「金額挺高的嘛。」

「是啊。」

這時，土平右手朝自己右膝一拍。

「但左鄰右舍可真是可怕啊。」

「怎麼個可怕法？」

「左鄰右舍說了許多事，對有田屋的內部情況知之甚詳。那家有田屋看起來派頭十足，但其實四處舉債。」

「舉債？」

「沒錯。人們都傳聞，阿咲帶過來的嫁妝，全拿去還債了。真正可怕的是接下來要講的。」

「請說。」

「進三郎和阿咲成婚前，好像在外頭另有一個老相好。」

「知道是誰嗎？」

「好像名叫阿夏。我只查到這裡，至於是怎樣的女人，目前還不清楚。總之，花了半天的時間，就只查到這些。不管怎樣，這麼一來，憎恨阿妙夫人的女人就有兩位了。」

「阿咲以及進三郎的那個老相好，是嗎？」

「沒錯。阿咲是和婆婆阿妙夫人處不好，而和進三郎交往的那名女子，則是因為錢的關係，被迫與進三郎分手。關於這起婚事，比起店主仁左衛門，阿妙夫人似乎更加認真促成，所以那名女子——阿夏，確實可能憎恨阿妙夫人。」

「如果要問有沒有這個可能，應該有吧。」

「話雖如此，也不能馬上斷定其中一人是凶手吧？」

「這是當然。」

「關於我的部分，已全部說完。接下來換遊齋老師你了。剛才你說有幾件事很好奇，到底是哪些事？我也有幾點覺得很好奇呢。」

「是什麼呢？」

「你這樣太奸詐了。接下來換老師你說了。」

「我明白了。」

遊齋頷首。

「首先是那把紅色髮梳。」

「髮梳？」

「因為有好一陣子沒找到，之後找到了，插在頭髮上，結果引發那起事件，是這樣沒錯吧？」

「沒錯。」

「還有一件事。」

「什麼事?」

「仁左衛門提到的『虎丸』。」

遊齋從他的紅脣間緩緩說出這句話。

「髮梳和虎丸?」土平問。

「團十郎是吧。」

「你說的團十郎,是那個……」

「市川團十郎[1]。《雷神不動北山櫻》[2]裡的《毛鑷子》,你看過嗎?」

「團十郎演出的粂寺彈正對吧。當然看過了。講的是小野春道的女兒阿錦頭髮倒豎的故事……」

「一位頭髮倒豎的千金。」

「沒錯。是粂寺彈正解開謎團的狂言。」

就是這樣的故事。

小野春道是小野小町[3]的子孫,有位美麗的女兒名叫阿錦。

這女兒染上怪病。一種頭髮會倒豎的怪病。

出面解決這怪病的人，是粂寺彈正。

彈正拿出自己的鐵製毛鑷子要使用時，見它飄浮起來，因此發現有人躲在天花板夾層裡，用磁鐵讓阿錦的頭髮倒豎。

阿錦插在頭髮上的髮飾，其實不是銀製，而是鐵製品，那名潛入者從天花板用磁鐵吸起她的髮飾。在磁鐵的作用下，髮飾被提起來，頭髮連同髮飾一起飄浮，就是這麼一齣歌舞伎狂言。

飾演彈正一角的，正是市川團十郎。

「讓頭髮倒豎的原因，是出在鐵製的髮飾……」土平說。

「如果說阿妙夫人頭髮倒豎的原因，是出在那把紅色髮梳的話呢？」

「你是說，阿妙夫人是因為髮梳而死？」

「我只是說出我的假設。還不清楚。」

「既然還不清楚，幹麼講得一副煞有其事的模樣嘛。」

---

1. 歌舞伎的知名要角。市川團十郎這個名號代代世襲。
2. 歌舞伎腳本，當中的〈不動〉、〈鳴神〉、〈毛鑷子〉皆被選為歌舞伎十八番。
3. 平安時代前期的女流歌人，知名的美女。

「我才沒講得煞有其事呢。我只是對此感到在意。」遊齋很坦然地說道。

「這樣的話，那虎丸又是什麼？」

「應該是隻狗。」

「狗？」

「是有田屋養的一隻狗的名字。」

「這你為什麼會知道？」

「你沒聽說嗎？約莫一年半前，有名小偷潛入有田屋，當時虎丸一口咬住小偷，將他趕跑。就此打響了名號。」

「啊，確實有這麼回事。那件事我也知道。不過，那隻狗叫什麼名字，我可就不清楚了……」

「這事教人在意，對吧？」

遊齋的口吻，就像女人向男人調情般，風情萬種。

「那又怎樣？」

「喪禮那天晚上，仁左衛門提到已故的阿妙夫人名字時，似乎有說到這隻狗的事。」

「確有此事。」

「沒錯吧。」

「到底有什麼關係？」

「今天晚上不是遇上那個古怪的傢伙嗎？」

「你是指放出暗火魂的傢伙嗎？」

「你不覺得看起來像狗嗎？」

「的確……」

土平就像要讓自己的頭從他寬闊的肩膀上掉落般，重重點頭。

「明天如果你要去探查的話，就從這個線索著手……」

遊齋從他那含笑的紅脣，說出這句彷彿微微染紅的話語。

（十）

「發生大事了。」

一打開遊齋位於鯰長屋的住家大門，土平開口便這樣說道。

現在才上午。

為了小網町有田屋那件事，土平一早便四處探查，應該會過中午才來找遊齋才對。比預定時間早了許多。

「怎麼啦？」

遊齋在書桌上攤開一本大開本的書，正在閱讀。

是從荷蘭遠渡重洋而來，約翰·真斯頓（Johannes Jonston）著的《鳥獸魚蟲圖譜》。

他打開的頁面，談到龍的條目，上頭畫著一隻展開翅膀的龍。

這一個月來，遊齋都向平賀源內借書來讀。

約莫十天前。

「土平，你看這個。我家中的這顆顱骨，似乎是獨角獸的頭呢。」

他這樣說道，向土平出示那張圖。

遊齋所說的，是一隻長得像馬的動物，從額頭上長出一支角的那幅圖，與他掛在家中牆壁上那顆長角的野獸顱骨很相似。

遊齋現在正讀著約翰·真斯頓那本書，似乎相當沉迷。

見遊齋一派悠閒，土平似乎頗感意外。

「有田屋的進三郎昨晚過世了。」

土平邊講邊走進屋內。

「你說的進三郎，是有田屋仁左衛門的……」

「兒子。」

土平拍了拍膝蓋和大腿一帶，將西洋的玻璃燈以及老舊的卷軸移向一旁，直接朝空出的位子盤腿坐下。

「到底發生了什麼事？」

遊齋闔上書桌上的那本書，重新面對土平。

昨晚進三郎還好端端地活著。

土平也是這樣向他報告。

聽土平說，辦完喪禮後，他還與家中的主要人物交談，之後才就寢，不是嗎？

「發生了什麼事，我也不知道。聽說今早阿咲醒來，理應睡在身旁的進三郎，卻突然暴斃而死。」

「是他殺嗎？」

「他全身乾癟，死的時候就像魚乾一樣。」

「說到乾癟，昨晚那隻狗中了暗火魂而死，不就是那種死法嗎？」

「是那個人犬幹的好事吧。」

「可能是。」

「一定就是他。」

土平盤起雙臂。

「因為這個緣故，有田屋內現在可說是雞飛狗跳啊。」

他語帶不屑地說完這句話後，嘴脣輕揚，似乎很開心。

「你在外面講這種事情時，請記得別露出這種表情喔，土平。」

「這是當然，我明白。」

「瞧你的神情，應該還有話要說吧。」

「對。有田屋發生那種情況，我認為得先告訴你一聲，一路飛奔而來。不過，在前往有田屋之前，我也打聽到一些消息。」

「嗯。」

「昨天談完後，我想起在上野那邊有人發現一具怪異的狗屍。我想先到那裡調查一番，於是就跑了上野一趟。」

「怪異的狗屍？」

「好像是一具無頭的狗屍。而且整具屍體從脖子以下，都埋在地下。」

「從脖子以下？」

「沒錯。」

「很詭異呢。」

「就是說啊。」

「後來查得怎樣？」

「我正打算告訴你。」

土平伸出他又大又紅的舌頭，朝嘴唇周邊舔了一圈，接著娓娓道來。

（十一）

不忍池東邊，有一座黑牆圍繞的宅邸。

約莫十年前，似乎有位家世還不錯的武士，偷偷在此金屋藏嬌。但自從這名小妾死後，就沒人在此居住。

本以為這間屋子會一直空下，但在五年前左右，開始有人入住。雖然屋內不是一直都有人，但不時會發現家中升起爐灶開伙的輕煙，也有人目睹屋內有人進出。
進出的人們當中，不時可以看見女性。
但之所以看不出對方的身分，是因為出入者都用斗笠或頭巾遮住面容。
甚至有人說，最近晚上都會從黑牆內傳來犬吠聲。
某天晚上，犬吠聲特別響亮，之後還聽到人們的爭吵聲。
附近的人們心想，不知道屋裡發生了什麼事，隔天一早往大門一帶觀望，結果發現大門旁的小門敞開著。
雖是別人的屋子，但基於好奇，附近的人們還是叫喚一聲：
「打擾一下。」
「有人在家嗎？」
戰戰兢兢地走進屋內。
雖然最後終究不敢做出登堂入室的不法之舉，但他們沿著主屋繞庭院一圈。
這時，在後院發現了某個東西。
最早看到那東西的人，一時間還沒弄明白那是什麼。
地面上有個黝黑的東西，全身濡溼，當中夾帶紅色。

接著是濃濃的血腥味。

仔細一看，那紅色之物是狗脖子上的切面，甚至可見白色的骨頭。

挖掘後，終於明白那是狗的屍體。但一旁擺著一把板斧，斧刃上沾滿血，看了之後便知道，是有人將狗埋進地下，只露出頭部，之後再用板斧斬下狗頭。

到底是什麼人，為了什麼目的而做出這等凶殘之事？

幾個人來觀看狗的屍體，其中一人說：

「這隻狗應該是有田屋的虎丸。」

那是一隻大黑狗，腰部一帶有兩道白紋。花紋很像虎紋，因此才取名為虎丸。

像這樣的狗，可不是到處都有。

於是派人去有田屋通報此事，這才得知，虎丸在半個多月前就已失蹤，大家一直在找尋牠。

有田屋的人前來，確認過屍體後，說這隻狗確實是虎丸沒錯。

於是有田屋前來將虎丸的屍體領回。

（十二）

「就只有這樣，這是我去有田屋之前，在上野打聽到的消息。」土平說。

「感覺很有意思。」

「就說吧。」

「那麼，虎丸的頭在哪兒？」遊齋確認般詢問。

「一直都沒找到。應該是把牠的頭砍下來的人帶走了。」

「我想也是。」

遊齋偏著頭，像在思索什麼。

「我決定了。」遊齋如此說道，霍然起身。

「決定什麼？」

「決定自己走一趟。」

「去上野嗎？」

「不是。」

遊齋手伸向立在牆上的手杖，如此說道。

「有田屋嗎？」

「不是。」

他轉頭望向土平。

「神田白壁町的平賀源內老師住處。」遊齋說。

（十三）

平賀源內——

生於讚岐國的志度海濱。

父親為白石茂左衛門，是高松藩的一名步卒，他是家中的三男。

二十五歲那年到長崎遊學，因接觸西洋學而開眼，四年後前往江戶。

他一再更換住所，當遊齋前往拜訪他時，他就住在神田白壁町。

他的住處位於巷弄內，空間不大。

由於位在巷弄深處，雖然設有木牆，但實質效用不大，庭院也稱不上寬敞。

不過，這屋子裡時常有人聚集。

杉田玄白、前野良澤等喜歡西洋學的醫師，以及像鈴木春信這種名聲顯赫的浮世繪畫師，明明沒什麼要事，卻都會在此出入，在源內的住處喝酒、製作畫曆、舉辦俳句會、暢談賺錢的門道。

遊齋雖然只是偶爾露面，但他也算是其中的一員。

到屋裡幫傭的下人有兩位，都是男性，一概沒有女色。

遊齋造訪時，源內發出精力充沛的腳步聲，來到門口迎接。

「噢，遊齋老師，好久不見了。」

源內那身黑色的窄袖和服，衣袖一路捲至肩膀。

年約四十五歲。

頭髮梳成本多髻，但沒剃月代。

遊齋右手握著手杖，左手捧著一個包袱。

他被帶往源內的工作間。

那是面向小庭院的房間，與遊齋的房間一樣，東西雜亂地散落一地。

不過，散落的物品種類與遊齋的房間不太一樣。

有剪刀、鑿子、大大小小的針、裝在盒子或玻璃瓶裡的蜥蜴、植物標本、玻璃製的連通管。書雖多，但摻雜了許多西洋書。

剪刀、鑿子、大大小小的針，一看就知道是請鐵匠特別打造。

這十二張榻榻米大的房間，裡頭的榻榻米全部拆除，改為木地板，當中擺放一張大和室桌，上面除了擺放畫筆、紙、硯，還擺了一個裝水的玻璃盆，金魚悠游其中。

遊齋與源內隔著和室桌迎面而坐。

「剛才春信那小子也在這兒，不過他突然想到繪畫的點子，急急忙忙回去了。」

源內將掉落的左邊衣袖又捲回肩膀上，如此說道。

「對了，你怎麼突然跑來？」

「來還你這個啊。」

遊齋將擺在膝蓋的包袱擱向桌上，輕輕朝源內推去。

「這個？」

源內解開包袱。

「是約翰．真斯頓。」

從源內解開的包袱中，露出約翰．真斯頓那本《鳥獸魚蟲圖譜》。

「很有意思的一本書。託這位約翰・真斯頓的福，我才知道我家裡的那顆顱骨，好像是一種名叫獨角獸的動物。」

「太好了。」

「源內老師現在在忙什麼？希望我沒打擾您才好。」

「我正在修理這東西。」

源內拿起擺在桌角的某個東西，遞到遊齋手上。

一塊長逾一尺的板子，上面裝設了一根玻璃棒，一旁刻有刻度。

玻璃棒中裝有紅色液體。

「這是寒熱升降器——」

「你果然知道。這是Thermometer。」

不論是寒熱升降器，還是Thermometer，都是現今所說的溫度計。

「這是源內老師你做的嗎？」

「沒錯。是我之前做的，但它對冷熱的反應有點遲鈍，所以我把玻璃裡的空間做得更小一點。這樣比較容易看得出來……」

「原來如此。」

「雖然我們會說好熱、好冷，但每個人的感覺不一樣。不過，只要有了這個，就能準確知道這天的冷熱，而不是單憑個人感覺。每天記錄，持續數年之久，就能成為種植稻米或蘿蔔時的參考依據。」

「您這工作可真辛苦。」

遊齋將寒熱升降器交還給源內。

「聽您這樣誇獎，我都不好意思了。」

源內伸出左手接過，同時以右手食指搔抓鼻頭。

「那麼，今天有何貴幹？看你好像還有話想說。」

「是。」

遊齋頷首。

「約翰・真斯頓只是藉口，今天有事想向您請教，所以特地前來。」

「什麼事？」

「關於狗。」

「狗？」

「對，關於狗的鼻子。」

「狗的鼻子？」

「大家都知道狗的鼻子很靈，但我想知道到底多靈。」

「就像溫度計一樣是吧。」

「對。」

「不是憑感覺，而是想知道狗的嗅覺究竟多好。」

「沒錯。我想，源內老師一定知道。」

「如果是這件事，我做過實驗。」

「真的嗎？」

「首先在瓷盤上放一條烤過的沙丁魚，然後吃掉它。」

「是。」

「盤子會因沙丁魚的油脂和內臟而髒汙。」

「是。」

「用水井取來的水沖洗。用這麼大的水桶裝滿一桶，每次都要把水換過，擦拭盤子的布也要換新，一再重複。」

「是。」

「每一次都讓狗聞氣味，看狗能否分辨放過沙丁魚的盤子和沒放沙丁魚的盤子。」

「是。」

「你認為像這樣反覆經過幾次後，狗會分辨不出氣味呢？」

源內的神情就像個惡作劇的小鬼，開心地露出炯亮的目光，向遊齋詢問。

「不知道。」

「兩百八十七次。」

源內很明確地說道。

「經過兩百八十七次，狗就聞不出差異嗎？」

「才不是呢。而是試了兩百八十七次後，我就放棄了。」

「意思是……？」

「狗這種動物，就算試過兩百八十七次，還是能輕鬆聞出盤子的差異。最後是我自己認輸。照這樣下去，就算試個上千回，想必還是聞得出來。我可沒那麼多閒工夫。」

說到這裡，源內朗聲大笑。

「我猜也是。」

「那你又何必問呢。」

「抱歉。」

「你還有事吧。」

「還有事?」

「要拜託我的事啊。」

「都被您看穿啦?」

「說來聽聽。」

「是這樣的,我看源內老師人面廣,想請您幫我取得一樣東西。是否有需要,目前還不知道,不過,我想先備好,以免有需要時手忙腳亂。」

「是什麼?」

「是這樣的……」

遊齋就此說出他想要的東西。

（十四）

土平在即將日暮時，來到遊齋所在的鯰長屋。

弓起高大的身子就坐的土平，狀甚開心地說道：

「我搞懂了。」

他的表情就像一個渴望獲得遊齋誇獎，心癢難搔的巨大孩童。

「是上野那件事吧。」

「沒錯。那棟房子果然和有田屋有關。」

「這話怎麼說？」

「別急，請容我依序往下說。」

據土平所言，他第一個去的地方，是發現狗屍的上野那棟房子原本的屋主家。

「其實那棟房子是歸日本橋一家名叫島屋的布莊所有，是島屋出租給那位武士。」

「然後呢？」

「擺了五年沒管，是因為五年前有人開口說要承租。」

「是有田屋嗎？」

「不，這時候還沒提到有田屋的名字。」

前來島屋的那個人，沒報上姓名。

對方說，因某個原因，無法報上名號，不過我每年都會付你們比行情價多出將近一倍的房租，所以島屋就此答應。

難道是盜賊的同黨在計畫不法勾當，想利用這屋子當他們暗中聚集的場所？雖然也不是沒這樣懷疑過，但如果是這樣，就算扯謊也會報上名號，只支付一般行情的房租吧。因為這樣才不會啟人疑竇。刻意支付比一般行情還高的房租，而且事先就支付一年份，這樣當然可疑，不過，這會讓人覺得應該是某個知名的人物利用這裡來充當和女人幽會的場所。

這樣想比較自然。

島屋也就這樣接受了。

同一個人每年都會在臘月預先支付一年份的房租。

對島屋來說，這樣也就夠了。

這樣遠比刻意打探，而把房客嚇跑來得好。

「這樣一租就好多年，直到發生那起狗屍事件為止。」

土平說。
「事情說到一半，請容我打個岔，遊齋老師，那起狗屍事件你怎麼看？」
「當然是有人想打造出犬神。」
「我也這麼認為。」
「因為有『武士附身』出現。」
遊齋說。
「不過，現今這個時代，還有人會在江戶市中心施展犬神法嗎？」
「可是就真的有啊。」
犬神法——
這是自古相傳，打造犬神的祕法。
首先要備好一隻狗。
將狗埋進地下，只露出頭部。
施法的重點是，在埋狗時，要讓狗的脊椎垂直的立在地底下。
然後不給狗食物吃。
起初的兩三天會給水喝，但之後連水也不給。

不過，要將食物擺在狗的面前。

例如裝在盤子裡的生肉或是水。

狗會因為想吃生肉而吠叫，但還是不給肉吃，也不給水喝。

就擺在舌頭差一點就能碰到的前方。

從第三天開始，狗會發狂。

吠叫、呻吟、緊緊咬牙、口水直流、沉聲低吼。

等到第五天、第六天，變得枯瘦的狗，僅有目光散發炯炯精光，露出不像是這陽世之物的駭人表情。

接著是第七天、第八天——

到了第十天，將原本擺在狗面前的生肉移向遠處。當狗因為飢餓而發狂似地吠叫時，再從旁舉起板斧斬下狗頭。

此時狗頭會飛向空中。一路往前飛去，一口咬向眼前的生肉。

有時狗頭會持續動一陣子，真的啃起生肉。

以這樣的狗頭當式神來使喚，向人下咒，這就是犬神法。

遊齋的意思是說，可能有人在那棟屋子裡施展犬神法。

「用來施法的對象，就是有田屋的虎丸吧。」

「沒錯。」

土平頷首。

「那麼，到底是有田屋的哪個人在上野那棟屋子進出呢？你猜是誰？」

土平狀甚開心地笑著。

「是誰？」遊齋問。

「有田屋的源治郎。」

土平像在觀察般，注視著遊齋的雙眼。

「是進三郎的哥哥？」

「沒錯。」

「可是，源治郎不是三年前過世了嗎？」

「所以有人說，在他死之前，約莫四年前，曾見過他從屋裡走出。」

「四年前？」

「是淺草一位名叫七五郎的木匠說的，當時他人在那棟屋子附近。因為工作的緣故，他每天都到那裡上工。日本橋山城屋的老闆在上野那附近有一棟別宅，由於要另外蓋一座別房，人手不夠，所以七五郎前去幫忙。」

「然後呢？」

遊齋催他往下說。

「這位七五郎一天之內來回各一次，都會從那棟屋子前路過。某天他很晚才離開返家。當時，那棟屋子大門邊的木門開啟，有個男子低著頭走出，以手巾幪臉，那個男人就是源治郎。」

「此事當真？」

「七五郎在一年前，因為類似情形而在有田屋進出，約莫有十天之久，當時見過源治郎幾次。我認為不會有錯。」

「有田屋和七五郎是怎麼認識的？」

「上野有一位叫文七的木匠工頭，就是他找七五郎來的。那一帶的屋子，工程都是文七在承包。我心想，他或許知道些什麼，前去向他打聽後，文七想起七五郎說過這麼一件事。七五郎當時曾提到某人的名字，但文七一時想不起來。所以我就直接找七五郎問清楚。」

「這麼說來，在那裡金屋藏嬌的人，是源治郎嘍？」

「應該是吧。」

「嗯……」

遊齋頭偏向一旁，若有所思。

「對了，間宮大人都沒說些什麼嗎？畢竟進三郎的死法離奇，間宮大人應該會親自出馬吧。這麼一來，就不用像之前那樣偷偷摸摸，能正大光明到有田屋問話了。」

「會的。」

「你的意思是，間宮大人他……」

「他吩咐過了。」

「既然這樣，接下來就好辦了。有『武士附身』出現，進三郎又死得離奇。這件事不能再放任不管了。」

士平說的「武士附身」，是他們之間的行話。

武士附身的「武士」，日文為ぶし，音同「伏」，可改寫為「伏附身」。

「伏」也就是「人犬」。

因為這層緣故，「武士附身」，簡言之就是「人犬附身」的意思。

「接下來的問題是，付房租給島屋的人到底是誰。大概是有田屋裡的某個人，或是他們花錢雇用的人吧。應該不會是店主仁左衛門或大掌櫃嘉兵衛。因為如果真是他們，會被認出身分。這方面我也會調查看看。」

「還有一件事，是關於『武士附身』，犬神法不是人人都會的術法。」

「沒錯。」

「可將這件事看作是有陰陽師、道士、咒術師、和尚、祈禱師——精通此道的人涉入其中。」

「此人與有田屋內的某人有關聯對吧。」

「沒錯。」

「既是如此，那就是我們的專業了。我會派人去調查。」

可能是已大致說完，土平說到這裡便沒再繼續往下說。

他吁了口氣，接著問道。

「對了，源內老師那邊情況怎樣？」

「我拜託他一兩件事。要是這件事成了我們的工作，日後會派上用場的。」

「你到底拜託了他什麼？」

「等送來後，你就會知道。」

「少吊人胃口了，快告訴我吧。我快沒耐性了。」

土平就像不知該拿自己高大的身軀如何是好般，扭動著肩膀。

「所以我不是說了嗎，等送來後，你就會知道了。」

遊齋如此說道，露出開心的微笑。

(十五)

遊齋盤腿坐在大川的河堤上。

在一株櫻樹下。

夜裡——

遊齋頭上覆滿盛開的櫻花。

夜空中掛著斜斜缺了一角的彎月,泛著微光的浮雲緩緩飄移。

櫻花因微風而散落。

花瓣白光閃動,在月光下飄零。

就像在與花瓣應和般,響起清亮的弦音。

是遊齋在拉二胡。

可能是異國的旋律。

弦音輕柔的延伸,時而高亢,帶有薄刃之色;時而低沉,再轉為高亢,彷彿與月光一同嬉戲。

在月光與二胡弦音嬉戲的這段時間，櫻花花瓣逐漸散落。

二胡是不可思議的樂器。

沒有單音的粒子，像蠶絲般，一個音在不斷變化的同時，會無限延續，沒有間斷。它能變得無限柔細，進入每個存在的縫隙中，彷彿連樹幹內、岩石的中心都能滲透。

河堤上到處長出春草，有繁縷、萱草、婆婆納、寶蓋草、紫花地丁。

有這類的草、花、樹皮、莖上的軟毛。

還有蟲子。

二胡的弦音也傳進這些物體中。

滲進泥土、枯葉，以及大川的水流中，與其交融合一。

遊齋將二胡抵向左大腿根部，闔眼拉動琴弓。

遊齋身上的肉彷彿與二胡的弦音一同從他的肉體化開來，往四周的風景中擴散、滲染。

二胡弦音滲染的物體，與遊齋合為一體。

遊齋拉奏二胡的同時，也讓自己漸漸融入風景中。

當他持續拉奏時，從二胡弦音滲染的花草中，有某個東西發出「呼」的一聲。

而從二胡的弦音滲染的岩石中，有股氣息發出「啵」的一聲，往外爬了出來。

無數的花、無數的岩石、無數的草、無數的蟲子，從這些萬物中，陸續顯現出肉眼看不見之物。

來自樹木……

來自樹葉……

來自泥土……

來自花瓣……

數量達數百、數千、數十萬、數億、數千億……

從遊齋演奏的二胡聲能到達的事物中，爬出造就事物本身之物。

舉例來說的話，就像是讓石頭變得像石頭的氣息。

讓草變得像草的氣息。

讓花瓣變得像花瓣的氣息。

例如水有水的氣息。

例如樹有樹的氣息。

例如草有草的氣息。

像水的感覺。

像樹的感覺。

像草的感覺。

一閉上眼，就會從黑暗中傳來，這種像氣息般的東西，都悄悄從所有事物中脫殼而出。

它們脫殼而出，爬行而出，逐漸融合為一。

那原本就只是氣息，非肉眼所能見得。

但想到遊齋浮現唇際的微笑，就覺得遊齋看得見它們。

這些無數的氣息，就像纖細的金絲銀絲，或是其他顏色的淡淡亮光。

它們匯聚、分離，時而變細，時而變粗，有時渾圓，有時無形，像有生命般，不斷變化外貌。

彷彿在呼應遊齋的二胡弦音。

它們舞動。

嗚唱。

迴響。

宛如成群發出淡淡光芒的生物。

遊齋就在它們的中心。

在這樣的氣息亂舞中，有個異形之物的氣息。

一個黝黑之物。

充滿邪氣。

只要接觸其氣息，後頸汗毛便會不自主豎起的邪惡之物。

起初只像扯斷的蜘蛛絲般細微。小得甚至不確定是否存在。

他的氣息逐漸增大。

他的邪氣漸漸變得強烈。

那氣息的主人從黑暗的某處緩緩逼近。

感覺到他的存在。

遊齋停下拉奏二胡的手。

這時，之前隨樂音亂舞之物、往它四周匯聚之物，全停下動作，開始緩緩離去。

那成群的氣息，緩緩返回原本爬出的事物內。

遊齋把臉轉向右手邊。

河堤上有個東西。

那東西正面朝遊齋。

他並非第一次見識那東西。

那張上下顛倒的臉龐。

這個腹部朝上，手腳撐地，像狗一樣的東西，陽具像尾巴般豎起，在月光下雙手雙腳撐地，以仰姿而立。

他的眼珠東張西望。

嘴裡叼著某個東西。

那東西張開嘴巴，一個發光之物掉落河堤上，發出聲響。

噹啷……

噹啷……

是金幣。

共有不少枚。

「我知——道了……」

那東西說。

從他口中冒出熊熊的藍色火焰。

「你、你是人、人形——町——的遊——齋對——吧……」

「是我沒錯……」

遊齋頷首。

「前、前一晚我不、不知道，但現在我知、知道——了……」

「那又怎樣？」

「你、你會死——」

「哦……」

「你、你要是扯、扯上這件事——你、你就會死——」

「我要是死了，可就傷腦筋了。」

「那、那就快、快點抽、抽手，別扯、扯上這件事……」

「抽手？」

「這、這個就、就賞、賞給你吧……」

他似乎是說這些金幣。

「明、明白了嗎，我、我可是告、告訴過你了……」

他就此轉過身。

背對遊齋，緩緩邁步離去。

他的身影愈來愈小。

櫻花花瓣散落在他的背影上。

不久，連他的身影也看不見了。
他的身影消失後，遊齋仍一直望著同樣方向。
花瓣頻頻在月光中零落。
映照在遊齋眼中的，是花瓣前方的無邊黑暗。

（十六）

神田明神境內聚滿了人潮。
聚集了約四十人。
境內有一棵粗大的松樹，松樹前站著一名武士。
是名穿著輕便的黑色窄袖和服，腰間繫著紅色腰帶，身材清瘦的武士。
眼睛細長。
他沒剃月代，散亂的頭髮，就只是隨意在腦後綁成一束。
前方劉海蓋向他細長的眼睛，看起來似乎會妨礙他觀看四周的情況。

「好了，誰要試試、誰要試試……」

武士朗聲叫喚。

此人年約四十左右。

松枝上掛著一塊木牌，上頭寫著：

「揮一刀十文錢」

松樹底下有顆大石頭，上頭擺著一個大酒壺，裡頭似乎裝了酒。酒壺的壺口窄細處纏著細繩，一端繫成繩圈，垂放在石頭上。

武士的腰間只插著一把短刀。

另一把理應插在腰間的長刀，則立著靠向樹幹。

「噢，你，看起來挺厲害的。如何，要不要揮一刀——」

武士向看熱鬧群眾的其中一人喚道。

「斬向這顆米粒？」

武士指著自己鼻頭。

這名武士的鼻頭上沾著一粒白色飯粒。

武士的雙眸往中央靠，望著自己鼻頭的那顆飯粒。

就此變成一張滑稽的臉。

看熱鬧的群眾哄堂大笑。

「來，試試吧。」

武士執起那名觀眾的手。

「不、不，我還是不要的好。」

這名觀眾似乎是某家店的夥計。

好像剛辦完事，在回店裡的路上，見這裡人潮聚集，才走進圍觀的群眾當中。

「你從剛才就一直在看吧。既然看了，那你應該知道。剛才那位大叔漂亮地斬下這顆飯粒。」

「不，我辦不到。」

「哪有什麼辦得到、辦不到的。就只是握好刀，擺出上段架式，然後一刀揮下。」

聽武士的說明，似乎是叫那名男子用立在松樹旁的那把刀斬向他鼻頭的飯粒。

揮一刀，付十文錢。

「來來來。」

武士拉著男子的手，一路將他拖向松樹旁。

「不，我不行啦。」

男子想揮開武士的手。

這時——

「我來試試吧。」

有人出聲喚道。

從看熱鬧的群眾中，走出一名一看就知道是浪人的獨眼男子。

他的月代都已長出頭髮，身上的衣服滿是汗臭。

「噢，好啊。」

武士就此鬆手，那名夥計模樣的男子鬆了口氣，回到圍觀群眾。

浪人站向武士面前。

「揮一刀十文錢，沒錯吧？」浪人說。

「沒錯。」

「可是，在下雖然對自己的劍術有自信，但總還是會有失手的時候。雖然想斬斷飯粒，但也可能會誤傷了你。」

「不不不，憑您的劍術，不可能會發生這種事。」

「我說的是萬一。萬一傷著了你，那怎麼辦？要是傷了你而被送交官府，那就傷腦筋了。」

「就算真是那樣，在場的眾人也都是證人。就算我受了傷，不，就算我丟了性命，您也不會被問罪。」

武士說。

嘴角還泛起愉悅的淺笑。

「既然這樣，那我們來訂個規矩。」浪人說。

「怎樣的規矩？」

「只要你喊住手，我隨時都會住手。但到時候，我要收你一百文錢。」

「一百文？」

「不願意嗎？」

「怎麼會呢。就這樣說定了。倘若在下開口請您住手，就雙手奉上一百文錢。」

「那就這麼說定了。」

「好。」

武士頷首。

「不過，關於這刀……我想用的不是你的刀，而是我腰間的佩刀。沒問題吧？」

「當然沒問題。」武士應道。

「在下名叫畠山傳之進。」浪人說。

「在下如月右近。」武士說。

彼此互道姓名。

「那麼——」

浪人畠山傳之進俐落地拔出腰間佩刀，擺出上段架式。

「噢……」

從圍觀群眾間發出這聲讚嘆。

「好了嗎？」傳之進問。

「隨時都行。」

武士如月右近以泰然自若的聲音回應。

從圍觀群眾間再度發出「噢」一聲讚嘆，因為以上段架式持刀的傳之進，突然有個肉眼看不見的東西從他身體鼓起。

感覺傳之進的身體變大一倍。

他是認真的——

圍觀群眾間盈滿這樣的竊竊私語。

他是真的打算斬人。
看得出他已做好這樣的心裡準備。
他擺出的姿勢看得出他是認真的。
他的身體充滿氣勢。
就連沒學過劍術的人也清楚感受到這股壓倒性的力量，盈滿傳之進的身軀。
圍觀的群眾當中，將近半數的人目睹過剛才發生的事。
人們握著武士如月右近遞來的長刀，以怯懦的姿態，從很遠的距離揮刀斬落。
持刀面對武士擺出揮刀斬落的姿態。町人的話，通常一生中絕不會有這種機會。
但如果是在現在這樣的情況下，則可能辦得到。
就當捨棄十文錢不要，刻意在長刀碰觸不到的距離下揮刀。
而就在揮刀斬下的瞬間……
颸。
右近移身向前。
眾人皆發出「啊」的一聲驚呼。
被斬殺了嗎！

有人這麼想。

也有人別過臉去，不敢看。

然而——

右近鼻頭的飯粒，卻巧妙地一分為二。

右近將飯粒遞給揮刀的人。

「十文錢，謝謝。」

他如此說道，向男子收取十文錢。

他是故意這麼做的。

圍觀的群眾當中，幾個人心裡這麼想。

右近刻意靠向前，配合對方距離，讓對方斬斷他鼻尖上的飯粒。

只能這麼想了。

但這種事有人能辦到嗎？

只要不是出於偶然，就只能看作右近故意讓對方砍。

他明白剛才付十文錢的男人沒有這樣的劍術和膽量。

是右近讓他辦到的。

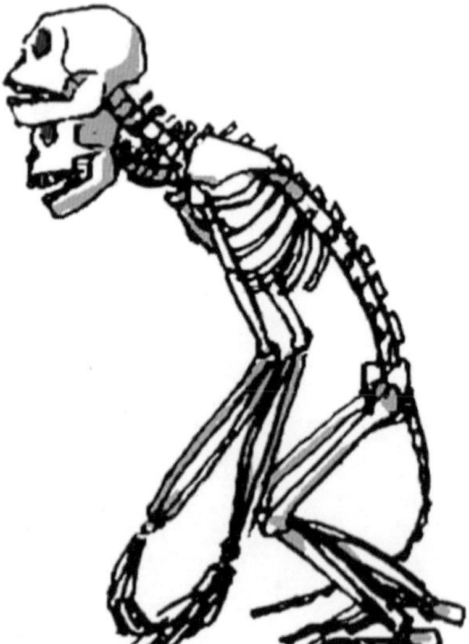

但此刻站在右近面前的，並非是劍術的門外漢。
雖是浪人，但武士就是武士。
而且看起來劍術高超。
這位浪人還自己報上名號。
在對方的帶動下，這名武士也只能報上自己的名號——如月右近。
換言之，打從互報姓名的那一刻起，這就成了一場決鬥。
或許對方想造成他的壓力，讓他知道這是一場決鬥，並表現出認真的態度，好引右近自己說出「住手」這句話來。
但右近還沒說「住手」。
他僅僅面帶微笑地站在原地。
「喝！」
傳之進一刀斬落。
向前踏出了半步。
刀尖從上而下劃過右近的鼻頭。
「嚇！」

幾名圍觀的群眾發出尖叫。
被斬殺了嗎！
看起來是這樣，但右近還是動也不動。
飯粒完好無缺。
「真可惜。」右近笑道。
傳之進刻意砍偏。
「喝！」
這次改為由下往上砍。
沒砍中。
「二十文錢。」右近說。
「嘿！」
「喝！」
浪人陸續揮刀。
但完全砍不中。
右近動也不動。

「三十文錢。」

「五十文錢。」

右近說的金額愈來愈高。

唔。

傳之進的嘴唇垂落下來。

「喝！」

他厲聲一喝。

因為他大步踏向前，一刀斬下。

圍觀群眾又發出尖叫聲。

因為那把刀從右近頭頂上砍下。

他的頭就要被剖成兩半了。

眼看此事即將發生，右近終於動了。

右近後退半步。

這時，右近穿的黑色窄袖和服的下襬分開，露出內裡。那是像血一樣的鮮紅色。

噹！

傳來清越的金屬聲。

傳之進斬落的刀尖斷折，飛向了空中。

空中旋繞的刀刃，在陽光下金光燦然。

「漂亮！」

說這話的人是右近。

右近站在那裡，右手食指指向自己鼻頭。

沾在鼻頭上的飯粒，漂亮地裂成了兩半。

「嘩。」

看熱鬧的人群中湧現一陣歡呼。

當然了，看熱鬧的人大都沒發現飯粒被砍成兩半，但幾名站在前列的人勉強看得出來。

「漂亮！」

經由右近說這句話的神情，以及前面幾名看熱鬧者發出的歡呼聲，周遭都明白發生何事，跟著一起歡呼。

對緊張地緊盯眼前情勢發展的人們來說，右近掌握絕佳時機，發出這聲「漂亮」。

對屏息以待的眾人而言，這是將久憋胸中的氣吐出的絕佳機會。

傳之進右手握著刀柄，呆立原地。

他明白自己剛才做了什麼。

他是真的想斬殺對方。

之前抱持玩玩的心態。

只要逼得右近喊一句「住手」，這樣就行了。

但自從第二刀被避開後，他就開始玩真的了。

他打算砍傷右近的鼻頭或臉頰。就算右近因此重傷，那也是沒辦法。

然而——

之後的第三刀、第四刀、第五刀，全都避開了。

這麼一來，面子可就掛不住了。

殺了他——

他已做好這樣的心理準備。

他要將右近腦袋砍成兩半。

他拿定主意，一刀斬落。

往前大步跨出。

就算右近往後退，刀刃還是會掃中他的額頭或鼻子。

要是他逃向左右兩側，不管怎麼躲，刀尖都會砍進他的某一側肩膀——這就是他施展的攻擊。

右近往後退。

但並未完全退開。

刀尖將劃破他額頭。

當腦中閃過這個念頭時，只聽得「噹」的一聲，刀尖斷折，凌空飛去。

他做了什麼？

傳之進心裡明白。

右近以右手的兩根手指——食指和中指，打向砍下的那把刀側腹。

刀尖就此斷折飛去。

光憑手指從旁打向砍下的刀刃，刀尖便即刻斷折，這種事真有人辦得到嗎？有。

眼前的這位如月右近就做到了。

這名男子將他原本就細的眼睛瞇得更細了，笑嘻嘻站在面前。

在這種情況下被他折了劍，傳之進無話可說。

因為是他自己提議說要用自己的劍。

現在這把劍遭對方打斷。

而且還是空手——

在頭頂把劍打斷，使其變得長度適中，斬向自己鼻頭的飯粒。

有句形容詞叫「神乎其技」，而眼前的情況更是有過之而無不及。

傳之進的劍術也不差。

正因為這樣，他明白如月右近剛才那一手有多不簡單。

「是我輸了。」

傳之進僅說這麼一句，便沒再多言。

他雙脣緊抿，將斷刀收回刀鞘。

接著從懷中取出提袋，掏出六十文錢，默默擱在石頭。

右近也默默地收下六十文錢，揣入懷中。

既沒道謝，也沒出言誇獎。

這錢我不能收——

他當然沒說這種話。

因為不管他說什麼，都會傷及畠山傳之進的自尊心。

傳之進不發一語地朝右近行了一禮後，就此離去。

就只有那截斷折的刀尖躺在松樹下。

傳之進也沒撿，就這樣離去。

待再也看不到傳之進的身影，圍觀的群眾再度發出歡呼。想必是因為傳之進在場，有所顧忌，不敢對右近的俐落身手發表感想吧。

「哎呀，厲害。」

「剛才那是如月大人刻意讓他砍的吧。」

「一定是這樣。」

從喧鬧的人群中走出兩人。

其中一人穿著一襲白色道袍，身後揹著一把二胡，右手握著手杖。

一頭銀絲白髮。

是遊齋。

另一人年約三十五歲。

身穿一件條紋布料上印有龍膽家紋的黑色短外罩，是名武士。

剃得光溜乾淨的月代上，頂著短短的髮髻。
此人有一雙濃眉大眼。
他的嘴角垂落，看就來就像兩邊各叼了一根牙籤似的。
此人是異類與力，間宮林太郎。
「噢，是遊齋老師——」
右近朝遊齋微微一笑。
「間宮大人也一起來啊……」
他也跟那位身穿黑色短外罩的人物打招呼。
「您還是一樣本領高強啊。」遊齋說。
「右近老師，您大可不必玩這種遊戲吧。」間宮林太郎說。
「我這當然不是為了錢。不過，有點閒得發慌……」右近說。
「今天就是想讓您打發無聊，才來找您……」林太郎說。
「噢，那可真是感謝啊。」
「想借您的本領一用。」
「要是能斬人就好了。」

右近突然壓低聲音說道。

「噓。」

遊齋的右手食指抵向右近脣前。

不用說也知道，雖然壓低聲音說話，但還是可能會被附近的人聽到。

「是什麼事？」右近問。

「這裡不太方便談。右近老師，可以換個地方談嗎？」林太郎說。

「我肚子餓了。」

右近右手輕輕抵向腹部。

邊吃飯，邊聽你們談吧——

他似乎是這個意思。

（十七）

這是一間六張榻榻米大，附壁龕的房間。

在房裡與右近迎面而坐的，是遊齋和林太郎。

三人面前擺著小飯桌。

上面擺了塗漆的多層飯盒與酒杯。

飯盒裡裝白飯，上頭鋪上淋醬烤過的蒲燒鰻。

鰻魚才剛端上桌，還冒著騰騰熱氣。

除了小飯桌，榻榻米上還擺了一個烤火盆，上頭放著酒壺，裡頭裝了溫好的酒。

以煮得鹹甜的黑腹鱊當下酒菜，三人同桌共飲，這時鰻魚正好送上桌。

打開紙窗，下方便是神田川。

這裡是位於神田川畔的鰻魚店——森崎屋的別房。

如果選這裡，就能暢所欲言，不怕被人聽見。

壁龕裡有幅以蒼勁筆觸畫下一隻鰻魚朝天際飛去的圖畫，一旁還附上一首贊詞。

悠悠冉冉

長生不息

看上面落款寫下「風來山人」這名字，應該是替自己畫的圖寫下贊詞。

風來山人——是平賀源內當劇作家時的化名。

「有人說，不能催鰻魚店動作快點。不過，就是等得久，吃起來才香啊。」

右近望著飯盒裡的鰻魚說道。

「這是源內老師平均每十天就光顧一次的店家。我們每三個月就會陪他來一趟。」間宮林太郎說。

三人剛才就邊喝酒邊談有田屋的事。

在蒲燒鰻端來之前，有田屋的事已大致談過一遍。

「我也聽過御殿山那件傳聞，但沒想到背後有這麼一段緣由……」

右近執起酒杯，啜飲杯裡的酒。

「那麼，你們要我斬誰？」

右近問。

「既然是來委託我，想必對手很不簡單吧？」

「也許你的對手不是人，而是妖物。」

間宮林太郎說這話時，右近右手已拿起筷子，伸向飯盒。

「真的嗎？」

右近就此停筷，望向遊齋。
「是真的。」
遊齋白皙的下巴往內收，微微頷首。
「說來聽聽。」
右近如此應道，筷子夾起白飯和鰻魚送入口中。

（十八）

間宮林太郎是昨天來到遊齋居住的鯰長屋。
下午時土平前來找他，遊齋正在聽他報告。
「我打聽到許多新消息呢。」
土平的那雙長腳盤腿而坐，巨大的左手輕拍臉頰。
就像說書人以扇子敲打講臺，土平似乎就是藉此製造談話間的空檔。
什麼消息呢——

遊齋沒出聲，憑眼神詢問。
「三年前過世的源治郎，其實不是已故的有田屋老闆娘阿妙夫人的親生兒子。」
「這之前都不知道呢。」
「就說吧。」
土平開心地點著頭。
遊齋說他不知道，這令土平的口吻變得很帶勁。
「有田屋仁左衛門的第一任妻子名叫阿園，她在二十八年前春天生下的孩子，就是源治郎。」
土平的左手朝自己的臉頰一拍。
「她在生下源治郎的那年十一月，因產後復原不佳，就此過世，至於已故的阿妙夫人，則是在兩年後——亦即二十六年前，以繼室的身分與仁左衛門成婚。」
「然後呢。」
「阿妙夫人與仁左衛門成婚後過了兩年，生下了進三郎……」
簡言之，源治郎與進三郎是同父異母的兄弟。
土平如此說道。
源治郎三年前過世，得年二十六歲。

當時，小他四歲的進三郎二十二歲。

「和這次的事有什麼關係……」

「目前還不知道。也許有關，也許無關。我想再調查看看。」

「嗯……」

遊齋可能是想到了什麼，頭微微偏向一旁，向土平問道：

「然後呢？」

「還有一件是關於犬神法……」

「怎樣嗎？」

「犬神法是在京都一帶施展的法術，在江戶，會的人並不多。」

「我想也是。」

「首先，我眼前就有一位。」

「眼前？我嗎？」

「我總不能把老師的名字剔除吧。」

「我可是什麼都沒做喔。」

「這是當然。」

「應該還有別人吧。」

「祈禱師多多羅陣外。」

玄德寺的傳祥和尚。

操控式神式王子的鹿妻零明。

舉出這三人的名字後，土平接著道：

「不過，多多羅陣外和傳祥和尚應該不會做這種事才對。」

「也對。因為他們都是有頭有臉的人。」

「比較可疑的是鹿妻零明，但零明一年多前就去了京都一帶，人不在江戶。這三人或許都可以剔除……」

「這麼說來，還有其他人……」

「播磨法師。」

土平很明確說出這個名稱。

「果然提到了這個稱號。」

「不過，不知道他目前人在哪裡。我在想，遊齋老師或許知道……」

「會在哪兒呢。」

「那個人來路不明。不清楚他的年紀，也不知道他的名字。不知道到底人在哪裡……」

「會在哪兒呢。」

「就連我也只大概見過他三次。只和他說過一次話。看到他那張臉，就像掀開通往地獄的深井蓋子，往內窺望一般，光看一眼就覺得背後寒毛直豎……」

「我也不常和他見面。」

播磨法師——

只知道他是播磨出身。

就像土平說的，不清楚此人的名字和年齡。

只知道此人年事已高。

膚色黝黑，皺紋深邃。

滿臉皺紋，就像被揉成一團丟棄的紙，嘴巴和皺紋都快分辨不出。

只有在他說話或是發笑時，才知道嘴巴的位置。

在成堆的皺紋中，就只有眼睛像生物般發出濡溼的黃光。

雖然還活著，但宛如已化成了妖怪。

「就算有人說他活了上千年，我也不會覺得這是騙人的。」

說到這裡，土平難得抖了一下他巨大的身軀。

「因為他居無定所……」

遊齋低語道。

「這方面我會再調查一下。或許能查出什麼線索。」

土平說到這裡時，有人在外頭敲門。

「請進。」遊齋喚道。

「打擾了。」

應聲的同時，房門開啟，間宮林太郎走進。

「原來土平先生也在啊。」

林太郎說道，將那長角的骷髏頭及成堆書本推向一旁，清空榻榻米上的空間，一屁股坐下。

「我才在想，您差不多該來了。」遊齋說。

「那麼，你已猜出我的來意嗎？」

「兩天前我收到您的來信，說近日會來拜訪。是為了有田屋的夫人和進三郎過世的事吧。」

「沒錯。」林太郎頷首。

他的五官鮮明，是很適合畫成圖畫的一張臉。

他坐姿挺直，看起來一本正經。

「如果你知道大致情形，那就好談了。對於阿妙和進三郎的死法，你應該也知道吧？」

「我當時剛好人在御殿山，所以擅自採取了行動。現在正好就在談那件事。」

土平朝自己臉頰用力一拍。

「兩天前，我看過進三郎的屍體。」林太郎說。

「如何？」

「完全乾癟。讓人感嘆一個人的身體竟然會變成那副德行……」

林太郎就像要揮除浮現腦中的畫面般，搖了搖頭。

「我只看了一眼，便知道這不是我們處理的範疇，因此前來找你。」

「有田屋的夫人過世時，我以為您就會來。有點晚呢。」遊齋說。

「因為那件事我只聽到傳聞，沒親眼見過屍體。而且有人認為有田屋可能有事隱瞞，因此捏造出那樣的事。」

「不過，您來得正好……」

「什麼意思？」

「因為我沒辦法擅自到有田屋多方詢問。」

土平又打向自己臉頰。

「不過，現在間宮先生您出面，就表示是奉旨辦差。這樣就能正大光明上有田屋了。」

土平如此說道，便將之前發生的事，大致說給林太郎聽。

「原來如此，武士附身啊。」

林太郎聽完後，這麼回應。

「既然這樣，此次的事件，就有請遊齋老師出馬了。」

他雙手置於膝上，低頭行禮。

「那正好。明天我們一起去吧。」遊齋說。

「去哪兒？」

「去如月右近老師那兒。」

「右近老師？」

「這件事或許需要有位本領高強的人幫忙……」

遊齋如此說道，靜靜莞爾一笑。

（十九）

這裡是一座荒寺。

往內藤新驛站北邊走半里[1]遠，是一片廣闊的旱田，東邊有座矮丘般的森林。

那座荒寺就在森林裡。

約莫二十年前，因雷擊引發大火，正殿燒個精光。

從那之後，一直沒修繕，就這樣擱置，沒人居住。

徒具外形的山門崩塌，匾額也燒焦，連昔日的寺名都無從辨識。

正殿旁遺留了半燒毀的僧房，但風雨從屋頂或牆壁間滲進，屋柱近乎傾倒，橫梁一半不是掉落就是傾斜。

陽光從塌毀的屋頂照進，花草的種子也跑進屋內。雨水淋得到的地方，皆從腐爛的地板下長出繁縷、寶蓋草、萱草之類的春草。

1. 將近兩公里。

不過，雨水淋不到的地方，也一樣長出花草。

一名枯瘦的老人，弓著背坐在這裡的地板上。

他盤腿而坐，也不知道是否看得見。他黃濁的雙眼茫然望向遠方。

一頭蓬亂的白髮，一張臉盡掩於皺紋下。

眼珠和嘴巴深陷在皺紋間。只要他一閉上眼睛，就不確定他的眼和嘴在什麼位置，不過此刻從他的皺紋間看得見他瞪大的眼珠。

他穿著一件破破爛爛的黑色道袍，從道袍間露出的手腳瘦如枯枝。

看得見他盤起的小腿。就連小腿也只剩骨頭外薄薄一層皮，沒半點生氣。

不過，唯獨他的雙眼像另一種不同的生物，散發濡溼的光澤。

猜不出他今年多大歲數。

老人右前方約六尺遠的地板上有個洞。

那裡是燒毀的屋頂破洞落下雨水，地板因此潮溼腐爛而塌陷。

從那個洞的外緣，冒出一張臉。

是一隻蟾蜍的頭。

那隻蟾蜍的頭和眼珠東張西望，面向老先生就此停住不動。

地板坑洞的外緣冒出蟾蜍的手。

啪答。

啪嚓。

蟾蜍慢慢爬上地板。

這隻蟾蜍竟然穿著一身女人般的紅衣。

還講究地繫上腰帶，而且兩隻腳站立。

仔細一看，是長約一尺的蟾蜍人偶。

然而，它身上明明到處都沒有操控人偶的絲線或棒子，是怎麼讓它動呢？

那隻蟾蜍的模樣是否映入老人的視野中呢？

老人的視線並非望向這裡，而是投向虛空的彼方。

這時——

老人的懷中有東西在鑽動，爬出一隻黝黑的生物。

是隻大田鼠。

一隻、兩隻、三隻——陸續有田鼠爬出，在老人的膝蓋爬上爬下，然後爬向地板，朝蟾蜍跑去。

來到蟾蜍前面後，田鼠用雙腳站立，撞向那隻蟾蜍。

田鼠和蟾蜍竟然環抱在一起比起了相撲。

第一隻田鼠被拋飛，發出「吱」一聲叫聲。

接著隔沒多久，下一隻田鼠撞向蟾蜍。

第二隻田鼠也被拋飛，發出叫聲。

接著第三隻田鼠也被拋飛，叫了聲「吱」。

此刻，老人眼睛才開始轉動，望向蟾蜍。

老人的右手緩緩抬起，食指比向蟾蜍。

他的嘴唇微動。

就在那一瞬間，咚的一聲，蟾蜍人偶當場倒下，不再動彈。

老人的眼睛仍舊望著前方。

嘎吱。

嘎吱。

有兩個人現身，踩上腐朽的木板。

其中一人是高逾六尺的大漢，穿著黃色的棉質無袖短外罩。黃色的短外罩上染有黑色的虎紋圖案。

頭上套著淺黃色的棉質頭巾。

背上揹著箱子，他是賣飴糖小販土平。
跟在他身後的，是一身白色道袍，外面披著一件白衣的男子。
長長的白髮在腦後綁成一束，靠近髮根處繫上紅繩。
背後揹著二胡。
此人是右手拄杖的遊齋。
土平撿起倒在地上的蟾蜍人偶。
「真糟糕，變成普通人偶了……」
他這般低語，望向老人。
「喂，我得花上三天才能讓它再動起來耶。」
老人沒答話。
他望向土平，僅是微微從鼻孔呼了口氣，發出「哼……」的一聲。
遊齋從土平身後來到前方。
「好久不見了，播磨法師。」
說完後，他的紅唇泛起白花般的微笑。
遊齋稱呼播磨法師的那名老人，以泥漿冒泡般的聲音道：

「人形町的遊齋是吧……」
「自從離魂船一事後，就沒再見過面了呢。」
「你有什麼事……」
「有事想向您請教。」
「何事？」
播磨法師在說話時，鼻子不住抽動。
「我聞到了……」
「我特地備了酒。」
「既然這樣，那就喝完酒再聽你說吧……」
播磨法師伸出紅色的舌頭，舔舐起上下嘴脣。
「備酒——」
遊齋此話一出，土平馬上從背後卸下箱子，掀開蓋子，從中取出一升裝的瓶子和三個酒杯，擺向播磨法師面前的地板上。
遊齋和土平兩人中間隔著擺在地上的瓶子和酒杯，迎面而坐。
土平朝三個酒杯裡倒酒。

濃濃的酒味盈滿了四周。

遊齋從懷中取出一個白色的渾圓之物。

「這是蛋。」

他將那白色的渾圓之物擺在播磨法師的酒杯旁。

是雞蛋。

「噢……」

播磨法師伸出右手，一把握住那顆即將滾動的雞蛋。

「挺貼心的嘛。」

他的皺紋分成上下兩道，張開紅色的大嘴，把蛋送入口中。

播磨法師的喉結一陣上下滑動。

他像蛇一樣，沒打破蛋，直接整個吞進肚裡。

如果是蛇，會在喉嚨一帶弄破蛋殼，但這顆蛋沒破，直接吞進播磨法師的腹中。

「謝謝招待……」

播磨法師右手伸向裝滿酒的杯子，舉起杯。

咕嘟。

咕嘟。

兩口便乾掉了這杯酒。

土平替他把空杯斟滿。

播磨法師再度兩口乾了。

乾了三杯，從第四杯起，遊齋和土平這才端起自己的酒杯。

播磨法師在將第五杯酒送入口中前，終於開口問道：

「找我有什麼事……」

「關於近來在江戶引發的動亂，不知您是否有耳聞？」遊齋說。

「啥？」

播磨法師微微偏頭。

「有武士附身出現。」

「哦……」

「關於這件事，您是否知道些什麼？」

「你是指什麼事？」

「有人會施展犬神法。」

「犬神法是吧……」

「在上野一間屋裡，有人發現一具無頭狗屍，頭部以下全埋進地面。」

「──」

「播磨法師，這該不會出自您之手吧？」

「我沒做這件事……」

「不是您就好。會不會是您向誰傳授犬神法呢？」

這時，播磨法師為之沉默，緩緩晃動停在空中的杯子，乾了杯裡的酒。

他將酒杯擱向地板。

「如果是傳授別人的話，我倒是做過。」播磨法師說。

「傳給誰？」遊齋問。

「不能說。」播磨法師雙唇緊抿。

這時，他的嘴唇隱沒在皺紋間，分不出哪裡是皺紋，哪裡是嘴巴。

「播磨法師……」

開口叫喚的，是土平。

「這起事件鬧出兩條人命了。就連我和遊齋先生也都受到人犬襲擊，遭遇危險。」

「遭遇危險？」

播磨法師轉動他那黃色的眼珠，瞪向土平。

「遊齋豈是輕易被武士附身做掉的人物……」

他接著將視線移向遊齋。

「對吧。」

遊齋一臉不知如何答覆才好的神情，面露別有含意的微笑，朝播磨法師點頭說道：

「我姑且是活了下來……」

「你們請我酒喝，我卻什麼也不能說，有點過意不去，所以我才告訴你們，我確實傳授過別人。至於傳授給誰，這我不能說。這是基於我的自尊……」

「是。」

「不管因為這件事死了多少人，我都不在乎。就算我沒教那個人法術，早晚還是會有別人傳授他這方面的知識，造成同樣人數的傷亡。我可無法顧及人們的怨恨啊……」

「——」

「像那樣的人，就算沒人教他犬神法，早晚還是會拿刀殺人。有辦法讓刀從這世上消失嗎？如果沒有刀，用毒藥也行。人世就是這麼回事。遊齋，你可別和人們牽扯太深啊……」

經他這麼一說，遊齋仍舊露出不知如何應對的微笑。

「我們已不算是人了。算是死靈的同類。在人世間，就該屏息斂息，生活在黑暗中，不該抱持想走出黑暗的念頭……」

唉……

遊齋輕嘆一聲。

「去吧……」

播磨法師低語道，就此閉上眼睛。

接著他的眼睛掩埋在皺紋裡，看不出原本的位置。

緩慢的鼾聲傳來。

土平還想說些什麼，但遊齋出手制止了他，靜靜搖搖頭。

遊齋和土平緩緩站起身。

嘎吱。

嘎吱。

兩人踩踏木地板的腳步聲遠去，不久後，一切歸於無聲。

（二十）

不知何時，四周變得一片昏暗。

在這片黑暗內，播磨法師仍在沉眠。

遊齋他們離去後，他幾乎沒改變過姿勢。

入夜後，溫度下降。

理應很寒冷，但播磨法師完全沒動。

小腿整個裸露在外。

也不知過了多久……

播磨法師猛然睜開他的黃濁雙眼。

前方約一丈半遠的空間，浮現三顆藍色火球。

那火球左搖右晃，如同隨風搖曳的火焰。

播磨法師臉上的皺紋移動，從皺紋裂縫中露出褐色的牙齒。

他的左嘴角往上挑，浮現笑意。

「勸你還是算了吧，別惹我……」播磨法師說。

他是在對誰說話嗎？

某個東西潛藏在黑暗深處——播磨法師似乎看得出來。

那火球忽上忽下，左右搖晃。

這時——

火球突然展開行動。

三顆火球朝播磨法師飛來。

播磨法師用左手承受飛來的其中一顆火球。

他左掌朝前，擋住那飛來的火球。

火球在播磨法師左掌前兩寸遠之處停下。

另一顆火球，播磨法師同樣用右掌擋下。

第三顆火球從斜上方來襲。

「呼」，播磨法師朝那顆火球吹了一口氣。

那顆火球在播磨法師臉部前方三寸處停下。

「這是在玩什麼把戲。」

播磨法師朝黑暗中如此低語。

「喝！」

他厲聲喝斥。

啵。

啵。

啵。

三顆火球發出聲響，當下被消滅。

「暗火魂對我不管用……」

從前方的黑暗中，沒傳來任何響聲。

播磨法師朝暗影處瞪視半晌，微微吁了口氣。

「走掉啦……」

他低聲說道。

剛才的笑意仍掛在他的嘴角上。

可怕的笑容。

（三十一）

這裡是有田屋的客廳。

遊齋和間宮林太郎並肩而坐。

兩人的左側是紙門，庭院的亮光映照其上，發出白光。

有田屋的主要人物也都聚在客廳。

首先是有田屋的店主仁左衛門。

還有大掌櫃嘉兵衛。

女侍總管阿富。

進三郎的妻子阿咲。

還有一名年輕女子——從小田原前來的進三郎妹妹阿光。

他們每個人都一臉倦容。當中最憔悴的，就屬店主仁左衛門了。

這也難怪。

因為短短時間裡，他的妻子阿妙和兒子進三郎接連亡故。

而且死法不單純。

阿妙在賞櫻時，被妖怪一把揪住頭髮，拖往樹上，被啃食身軀。

只遺留人頭掉了下來。

兩天後，進三郎也死了。一早媳婦阿咲醒來後，發現他死在被窩裡。死狀怪異，全身乾癟，宛如木乃伊。

到底發生了什麼事？

間宮林太郎是在發生這件事後才開始調查。之前阿妙只剩一顆人頭時，他還半信半疑，因為他認為可能有人事先殺了阿妙，然後店裡的人一起串供，說這是妖怪所為。

但是聽當天現場的其他人描述後，發現店裡人們說的話似乎不假。

就在他這麼思索時，進三郎便離奇死亡。

間宮林太郎認為，此事已超出他們能力所及，所以才來拜訪遊齋。

話說回來，不曾自己主動涉入案情的遊齋，這次之所以很早扯上這起案子，是因為阿妙被啃食得剩一顆人頭時，土平就在御殿山現場。

他早看出間宮林太郎早晚都會前來求助，所以事先請土平展開調查。

土平則和遊齋相反，他涉入這起事件，很樂在其中。

愈是悲慘怪異的事件，他愈會擺出一本正經的神情，但嘴角總掛著一抹微笑，這就是他的個性。

所以間宮林太郎前來時，遊齋已明白整起事件的梗概。

附帶一提——

關於有田屋的內情，遊齋已大致掌握。

有田屋仁左衛門的孩子，除了進三郎、阿光外，另有一子。

此人名叫源治郎，是二十八年前，他第一位妻子阿園所生。阿園在生下源治郎那年的十一月過世，而離奇死亡的阿妙是仁左衛門的第二任妻子。

源治郎三年前過世，得年二十六。

明白這諸多內情，現在遊齋和間宮林太郎正面對有田屋的眾人。

間宮林太郎和遊齋一起造訪有田屋時，店裡的人們皆露出詫異的神情。

「這位是人形町的遊齋老師，精通妖魔的世界。遇上這類案件時，我都會請他協助。」

間宮林太郎解釋後，自仁左衛門以下的店內人員，雖然臉上詫異之色未消，但也大致露出心領神會的神情，所以此刻兩人才會坐在這裡。

「大致的情形，遊齋老師也都明白了。不過他還有些事想重新再問一遍。就算是你們已經告訴過我的事，只要遊齋老師詢問，還是希望你們再說一遍。」

間宮林太郎向眾人說道。

眾人視線重新往遊齋身上匯聚。

遊齋端正坐好，雙手靜靜擺在大腿上。

進屋時，手杖交由他們保管，二胡此刻則是擺在左側。

間宮林太郎坐在遊齋右側。

而眾人之所以注意力都放在遊齋身上，也有其原因。

他那頭白髮、像大清人穿的服裝，在江戶街上再也找不到像他這種打扮的人，這都令眾人感到好奇。

但他們不敢明目張膽地看，之前只是不時偷瞄，但後來話題轉到遊齋，大家便放心地把視線投向他。

「那麼，請容我問幾個問題。」

遊齋柔聲道。

「就先從髮梳的事問起吧。」

「髮梳？」

仁左衛門露出納悶的神情。

「對。」

「髮梳怎麼了嗎？」

「已故的阿妙夫人，聽說那天頭上插著紅色髮梳。」

「沒錯……」

「那把髮梳原本好像好一陣子都找不到。」

「對，您可真清楚。」

「那把髮梳是從什麼時候開始找不到呢？」

經這麼一問，仁左衛門應了聲「這個嘛……」，向其他人露出求助的眼神。

這時——

「應該是將近一個月前。」

代替仁左衛門開口的，是女侍總管阿富。

「什麼時候找到的？」

「應該是外出的前兩天。」

「是很鍾愛的一把髮梳吧。」

「對。夫人在家時常會配戴，外出時也時常……」

「怎麼會遺失呢？」

「不清楚……」

「是配戴時掉落在某個地方嗎？」

「不清楚。」

「最早發現髮梳遺失的人是誰？」

「是夫人自己。她要出外辦事時，說她找不到……」

「那是一個月前的事嗎？」

「對。」

「平時都是放在什麼地方呢？」

「夫人外出時，有個房間是她專門梳頭、抹胭紅的地方，我認為是那裡。我也常在那裡幫忙。」

「在房裡什麼地方？」

「鏡子旁，有個這般大小的小櫃子，裡頭擺放髮梳和髮簪，就放在抽屜裡。」

「向來都放那裡嗎？」

「是。」

「那麼，夫人要外出時，才發現不在裡面是吧……」

「對。」

「然後又是在哪裡找到？」
「就在那個櫃子的抽屜裡。」
「之前怎麼找也找不到的髮梳，其實就在抽屜裡……」
「沒錯。」
「是阿妙夫人找到的嗎？」
「是的，夫人找到後說，幸好它還在。」
「真不可思議呢。之前怎麼找都找不到對吧……」遊齋說。
「這也是常有的事。」仁左衛門說。
「怎麼找也找不到，但遺失的物品其實就在理應找過好幾遍的地方……」
「說得也是。」
遊齋頷首。
「現在可以看那把髮梳嗎？」
他向阿富問道。
「可以……」
阿富說完後，望了仁左衛門一眼，就像在打探他的反應。

「妳去拿過來。」

仁左衛門頷首應道。

阿富站起身，很快便返回。

手上捧著一個用紅布包裹的東西。

她坐向遊齋前方，雙手將那紅布包裹的東西擺在榻榻米，以指尖往前推。

「就是這個。」

遊齋拿起那個包裹，掀開紅布，取出紅色的髮梳。

那是一把塗紅漆的木製髮梳，上頭以螺鈿[1]呈現出櫻花圖案。

「原來如此……」

遊齋仔細打量。

「這把髮梳我想暫時代為保管兩、三天，可以嗎？」

這次他不是對阿富說，而是望著仁左衛門說。

「我是無妨，只是，為什麼……」

「也許能從中查出什麼線索……」

「線索？」

「對。」

遊齋頷首。

「我指的是，為什麼這把髮梳消失好一陣子後，又回到了原位。」

「這與這次的事有怎樣的關係？」

「這得調查後才知道。」

遊齋說的話，句句都是謎。

「不過遊齋老師，你說要調查，是要從什麼調查起？」

坐在遊齋身旁的間宮林太郎問。

「有許多方法，不過，我還是施展招神術吧。」

「招神術？」

「就是請神明降身在這把髮梳上，向祂請教問題……」

「哦？」

「只要有一晚的時間，應該就能辦到。」

1. 用螺殼與海貝磨製成人物、花鳥、幾何圖形或文字等薄片，根據畫面需要而鑲嵌在器物表面的裝飾工藝。

「一晚？」

「這得待在一處沒人的神社裡……」

「神社是吧……」

「在根岸一帶，有一座人稱狐仙大人的稻荷神社。」

「啊，確實有這麼個地方。」

「如果請來一位神格太高的神明，我也承受不了，所以找那位稻荷神也就夠了。」

「如果是那裡，四周都是旱田。神社裡也沒人。」

「我們這樣擅自使用，沒關係嗎？」

「這種事用不著一一向寺社奉行[2]報告。如果說了，反而會搞得很複雜。」

「那麼，明天晚上就行動……」

「嗯。」

間宮林太郎頷首，望向仁左衛門。

「情況就是這樣。這把髮梳由我們保管三天，可以嗎？」

「一切聽您吩咐。阿妙和進三郎為何慘遭橫死，如果您能查明，自是我求之不得的事。」

仁左衛門原本就矮小的身軀縮得更小，低頭深深一鞠躬。

「還有一件事……」遊齋說。

「什麼事？」

「已故的阿妙夫人，是仁左衛門先生的第二任……」

「是我妻子。」

「您前妻的名字，我記得叫……」

「阿園。」

「您與阿園夫人生的兒子源治郎先生，聽說三年前過世了。」

「是的，您也知道的，那年江戶市內有嚴重的流行感冒橫行，他染上感冒而喪命。」

「這樣啊。」

遊齋頷首。

「源治郎先生過世的時候幾歲？」間宮林太郎問。

「二十六歲……」

「如果是二十六歲的話，正是適婚年齡。有沒有和哪戶人家的千金談好婚事？」

1. 江戶時代的宗教行政機關，在三奉行當中的地位最高，負責經手樂人、陰陽師、圍棋、將棋師相關的各種事項。

「那孩子個性很晚熟，我一直想幫他物色對象，但他始終沒意願。」
「這樣的話，您一定也很擔心。因為得考慮店裡繼承人的事。」
「或許是我對他太嘮叨了。我時常會想，就算他沒能娶妻，但好好活著就好……」
「啊，真是不好意思。雖說是我的職責所在，但害您想起這些不愉快的過往……」
「不，別這麼說。」
仁左衛門像一朵枯萎的花朵，低垂著頭。
之後遊齋與間宮林太郎又向有田屋的人們問了許多問題，但他們所說的內容，全都和遊齋之前聽過的一樣。
不久，遊齋與間宮林太郎就此告辭，步出有田屋。

（二十二）

隔天上午——
進三郎的妹妹阿光，到人形屋的鯰長屋拜訪遊齋。

遊齋當時單獨一人。

聽聞女人來訪的聲音，遊齋打開房門一看，阿光就站在他面前。

「太好了。我還以為您已經動身前往根岸了呢。」

阿光微微低頭行禮。

感覺沒人與她同行。

阿光似乎獨自前來。

看她的模樣，似乎想避人耳目。

「請進——」

遊齋請阿光入內。

一見屋內景象，阿光發出「哎呀」一聲驚呼，花了一點時間，兩人才迎面坐下。

「我很快就得回去。」

阿光甫一坐下，便如此說道。

「我撒了個謊，才離家來這裡。我到這裡的事，沒人知道。」

不知道是怎樣的謊，但她是獨自外出。看來她說沒時間久待，並非虛言。

「那麼，我得馬上詢問您前來有何要事才行。」

「是關於昨天的後續。」
阿光的聲音顯得僵硬。
因為緊張的緣故。
不過她臉色特別白。
似乎是因為緊張，血行不順。
看得出她刻意壓低聲音說話。
「後續？」
「因為這是我們家人的醜事，我無法當場說，這才自己前來找您。接下來我要告訴您的事，不管之後發生什麼情況，都希望您替我保密，別讓人知道是我說的……」
「這是當然。」
「包括我來這裡的事……」
「我明白。」
遊齋頷首後，阿光如釋重負地吁了口氣。
「來這裡前，我聽過許多關於您的傳聞。」
「怎樣的傳聞？」

「呃……」

「看來是不好的傳聞。」

「不。」

阿光輕輕搖頭。

「聽說您做過許多不可思議的事。」

她那聰慧的雙眼筆直地望向遊齋。

「不可思議？」

「我問過附近的孩子。因為比起問大人，問孩子還比較值得信任。」

「您說得沒錯。」

「您和孩子一起釣土裡的魚，捕捉無頭鬼魂……」

「那不算是捕捉。」

「重要的是，孩子們都很喜歡您，笑嘻嘻說著您的事。」

「應該是因為我總會給他們飴糖吃。」

聽遊齋這麼說，阿光全身的緊繃逐漸散去。

「先不談這個，如果您趕時間，請先談您要講的事吧。」

「對喔，差點忘了。」

阿光頷首，重新併攏雙膝坐正，就像幾經猶豫般，吞了幾口唾沫。

「我就簡短直說吧。殺死家兄進三郎和家母阿妙的人，是嘉兵衛。」

「嘉兵衛？」

「有田屋的大掌櫃嘉兵衛。」

阿光就像下定決心似地說道。

「這是怎麼一回事呢？」

遊齋以溫柔的聲音問道。

「且聽我說給您聽。」

下定決心後，阿光臉上逐漸恢復血色。

「我三年前過世的源治郎大哥，他並非是病死的……」阿光說。

「那他是怎麼死的？」遊齋問。

「是中毒而死。」

「意思是說，他並非感冒而死嘍？」

「是的。他遭人下毒而死。」

「誰下的毒？」

「家母和家兄。」

「阿妙夫人和進三郎先生嗎？」

「沒錯。」

阿光頷首。

「為什麼？」

「我大哥源治郎其實不是家父親生的兒子。」

「哦……」

遊齋很感興趣地發出一聲低吟。

「那他是阿園夫人所生嗎？」遊齋問。

「應該是。」

「所以進三郎先生和阿妙夫人才殺了源治郎先生嗎？」

「對。」

「我再問一次，他們為何要這麼做？」

「家母想讓自己的親生兒子進三郎繼承有田屋。」

「原來如此，這樣就說得通了。不過，殺害阿妙夫人和進三郎先生的人是嘉兵衛先生，這又是怎麼回事？」

「遭家母和家兄毒殺的源治郎，其實是嘉兵衛的兒子。」

「也就是說，嘉兵衛先生和阿園夫人私通嘍……」

「沒錯。」

「這是您自己的推測，還是說，您握有確切的證據才這麼說？」

「我沒證據。不過，我認為一定是這樣沒錯。」

「您認為不會有錯的根據何在？」

「您一直問我證據、根據，我不知道怎麼回答您，不過我確信一定是這樣。」

「確信？」

「因為傳出這項傳聞時，家父並沒否定。」

「這件事是從哪裡傳出的？」

遊齋詢問後，阿光顯得難以啟齒，久久說不出話。

「您好像不想說呢。」

「是家母。」

阿光下定決心說出。
「阿妙夫人……」
「對，是家母說的。」
「對您說嗎？」
「不，是對家父說。」
「對仁左衛門先生是吧。」
「對。」
「她說了什麼？」
「她說，源治郎不是你的孩子吧。」
「仁左衛門先生當時沒否認？」
「沒有。」
「為什麼您知道這件事？」
「我正好偷聽到。」
「碰巧嗎？」
「對。我家後方有一座倉庫，當時我聽到父母在裡頭談話。倉庫旁長了一棵櫻樹，當時正開始開花。

記得是阿富跟我說，倉庫旁那棵櫻樹的花開三分了，所以我跑去賞花。當時恰巧聽到倉庫裡傳來聲音。是我父母的聲音。」

「他們兩人有發現你偷聽嗎？」

「我想大概沒發現。」

阿光說，她當時覺得自己好像聽到不該聽的話，馬上離開現場。

「因為我父母常會在倉庫裡說一些不想讓家裡的人知道的事。」

「那是什麼時候的事？」

「三年前我源治郎大哥過世的半年前。」

「關於下毒的事，您怎麼會知道？」

「我也曾聽到他們兩人在倉庫裡交談。」

「這也是碰巧嗎？」

「不，那次是我故意偷聽。」

「這話怎麼說？」

「我父母那次的談話一直在我腦中縈繞，令我非常在意。我心想，不知道進三郎哥哥是否知道這件事，我一直都用猜疑的眼神觀察他，所以我隱約覺得，家母和進三郎哥哥可能隱瞞了些什麼。」

那時，阿光看到阿妙和進三郎就像說好似的，一同走入倉庫。
於是阿光隔了一會兒，才邁步朝倉庫走去。
在那裡，她聽到進三郎的聲音說：
「我發現一種好藥。」
還有阿妙的聲音問道：
「怎樣的藥？」
「服下後不會馬上死。一開始會出現感冒般的症狀，之後會發燒，接著喪命——」
「您是什麼時候聽到的？」
「源治郎大哥死前半個月。」
阿光冷靜地道。
「那麼，您說殺害進三郎先生和阿妙夫人的是嘉兵衛先生，根據何在？」
「從當時他們在倉庫的對話中，我聽到家母說『源治郎的親生父親是大掌櫃嘉兵衛』。」
「有田屋絕不能拱手交給那種傢伙。」
阿妙告訴進三郎。
「所以您猜想，嘉兵衛先生知道阿妙夫人和進三郎先生毒殺了他的兒子，也就是日後會繼承有田屋的源治郎先生，他為了替兒子報仇而殺了他們兩人，對吧？」

「沒錯。」

見阿光點頭，遊齋盤起雙臂。

「嗯……」

「有什麼問題嗎？」

「不過，還有幾個弄不明白的地方。而且……」

「而且？」

「有件事我很在意。」

「是什麼事？」

「您的安危。」

「我的安危？」

「如果您剛才講的句句屬實，您自己或許有性命之危。」

「我會有性命之危？」

「殺害阿妙夫人和進三郎先生的人，也許會認為您也是他們兩人的同夥，對您下手。」

「這怎麼可能。」

「不，很有可能。」

阿光臉上突然浮現不安之色。

「您剛才說，您得趕緊回去才行，但今天請留在這裡，別回去。」

「今天留在這裡？」

「待會兒那位叫土平的賣飴糖小販會來，我派土平保護您。」

「保護我？」

「沒錯。如果沒事就好。要是遇上什麼事，土平會保護您。」

「……」

「一晚就好。關於這起事件，我今晚正打算用那把紅色髮梳試試某個法術。雖然得看嘗試後的結果而定，不過，還是暫時由土平來保護您的安全吧。」

遊齋以不容分說的口吻如此說道。

（二十三）

遊齋坐在冰冷的地板上拉奏二胡。
他拉奏的不是這個國家的旋律。
而是遙遠的異國曲調。
可能是天竺、波斯，或是遙遠西方國度的旋律。
音色蜿蜒悠長，時高時低，朝黑暗中流淌。
紅色髮梳就放在盤腿而坐的遊齋面前。
之前阿妙插在髮髻上的髮梳。
旁邊放了一個小瓶。瓶口塞著木栓。
左側則是擺著遊齋隨身攜帶的手杖。
遊齋口中念念有詞。
既像歌曲，又像異國的咒語，帶有一股哀切的音色。
這裡是一座小祠堂。

不過這裡足足有十張榻榻米那般寬敞。
遊齋面前的北邊牆壁設有層架，上頭擺放兩尊面對面的狐狸像。
遊齋背對的，是這座祠堂入口處一扇雙開門。
間宮林太郎背倚著左側牆壁而坐。
他立起左膝，雙手環抱佩刀，讓刀倚向左肩。
外頭一片昏暗。
今晚的夜色，似乎有淡淡月光。
就像要將擺有狐狸像的層架左右包夾，兩側地板各擺著一根燭臺，上頭各插著一根蠟燭，點燃燭火。
儘管如此，依舊夜色濃重。
屋內角落及周邊四處，都有暗夜盤據，宛如蹲伏的黝黑野獸所露出的後背。
已過半夜三更。
「你選這種地方好嗎？遊齋先生。」
間宮林太郎語帶不安地低聲道。
遊齋拉奏二胡的手就此停下。
「要有耐性……」遊齋停止歌唱，這般低語。

「從傍晚開始到現在，已過了不少時間呢……」

「此事能不能成，等到了明天早上就會知道。」

說完後，遊齋又開始拉起了二胡。

並再度引吭高歌。

過了幾個時辰後，遊齋突然低語：

「來了……」

「什麼？」

間宮林太郎從倚靠的牆上坐起身。

遊齋拉奏二胡的手仍未停歇。

不久——

啪嚓。

啪嚓。

傳來木頭傾軋的聲響。

階梯處發出的嘎吱聲，已往上來到環繞祠堂四周的迴廊木板。

不久，感覺到有個東西在門外停下腳步。

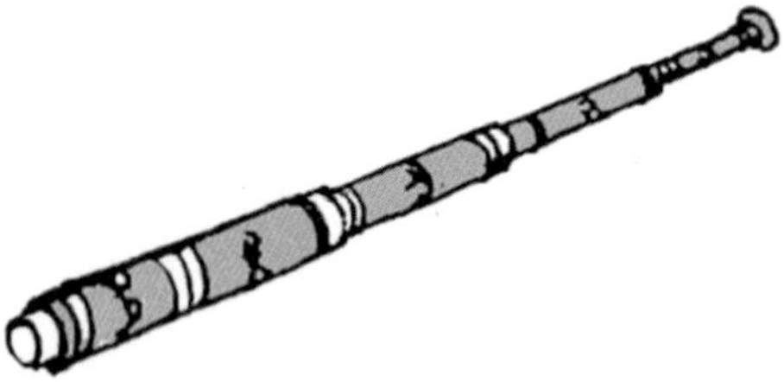

嘎……

傳出門拉開的聲響。

眼前站著一道黑影。

二胡聲音戛然而止。

遊齋背對著門說道。

「請進。」

嘎吱。

嘎吱。

嘎吱。

黑影走進室內，地板微微發出聲響。

遊齋這才擱下二胡和琴弓，盤起雙腿，望向後方。

兩盞昏黃的燭光照往那黑影的臉。

此刻站在他面前的，是有田屋的店主仁左衛門。

他臉色蒼白。

這時間宮林太郎已左手拎著佩刀，站在遊齋身旁。

「原來是你……」遊齋說。

「我是仁左衛門。」仁左衛門以噙滿淚水般的聲音道。

「請坐……」

遊齋說完後，仁左衛門就此坐下。

採端正的跪姿。

「間宮大人也請坐。」

「唔，嗯……」

在遊齋的催促下，間宮林太郎坐在遊齋身旁。

「您為什麼來這裡？」遊齋問。

「聽說您好像要在這裡施法。我對此很在意……」

仁左衛門眼中微微散發亮光。

「您是指這個嗎？」

遊齋將握在左手的東西擱向地面。

是那把紅色髮梳。

遊齋剛才轉頭時，應該是左手拿起擺在地上的髮梳後，重新盤腿而坐。

仁左衛門鼻翼賁張，發出「哦……」的一聲，接著問道：
「您是否查出什麼了？」
「是的。」遊齋頷首。
「是什麼呢？」
「已知道是誰殺了阿妙夫人和進三郎先生。」
「什麼時候知道的？」
「剛才。」
「剛才？」
仁左衛門這句話，遊齋沒答腔。
咕嘟。
間宮林太郎發出吞嚥口水的聲響。
「是您吧。」
「我嗎？」
「對。」
「您指什麼？」

「我剛才說了，是您殺了阿妙夫人和進三郎先生。」
「您在說什麼啊……」
「您來這裡，是為了殺我們滅口吧。」
「這怎麼可能……」
「因為您很害怕。」
「害怕什麼？」
「害怕這個氣味。」
「氣味？」
仁左衛門鼻子抽動。
「我們來聊聊這把髮梳。」
遊齋再次握住髮梳。
「髮梳？」
「您曾用這把髮梳做了什麼吧。」
「咦？」
「我說要暫時保管這把髮梳，在這裡施法，那其實是謊言。」

「謊言？」

「釣您上鉤的謊言。」

「……」

「昨天我還不知道是誰殺了阿妙夫人和進三郎先生。所以刻意說要用這把髮梳施展咒術，還故意當場提到施法的地點。」

「……」

「嘗試過咒術的人，會相信咒術，懼怕咒術。因而感到在意，非親自確認不可。因此您才會來到這裡。」

「您在說些什麼啊。」

「不過，我還是有搞不懂的地方。」

「搞不懂？」

「您為什麼非殺害阿妙夫人和進三郎先生不可？」

遊齋說完後，仁左衛門維持坐姿，雙手撐向地面，轉身背對他們兩人。

他的肩膀和頭整個垂向地面。

全身微微顫抖。

仁左衛門似乎在哭泣。

噢……

噢……

噢……

嗚嗚嗚……

仁左衛門抽抽噎噎的哭泣聲，在黑暗中響起。

「因為……」

仁左衛門像極力擠出聲音似地說道。

「遊齋先生，因為他們兩人殺害了我最疼愛的源治郎啊……」

他的聲音在顫抖。

「可是，進三郎先生是您的兒子，不是嗎？」

「沒錯。所以一開始我原本不想殺了進三郎……」

「這又是為什麼？」

「因為進三郎知道是誰殺了阿妙。也就是說，他知道我曉得是誰殺了源治郎……」

「什麼……」

「為了守護我們的店，我只能送進三郎歸西了。」
「所以你殺了自己兒子……」
「不行嗎？」
雙肩垂落的仁左衛門，緩緩抬起了頭。
「所以我也要送你們歸西。」
他的頭抬起到正常的位置。
但頭部動作卻未就此停止。
他緩緩地抬頭望向天花板。
「因為……」
仁左衛門抬頭望著天花板說道。
「因為？」
「因為我連自己兒子進三郎都殺了。」
仁左衛門的頭猛然朝向他們兩人。
那不是一般正常的轉頭方式。
不是採橫向，而是縱向。

仰頭般，只有頭朝向天花板，他的頭繼續彎曲，變成倒過來瞪視著遊齋與間宮林太郎。

脣際上揚，掛著笑意。

傳來啪嚓啪嚓的聲響。

那是仁左衛門全身的骨頭逐漸變形的聲響。

仁左衛門的身體逐漸扭曲。

間宮林太郎再也按捺不住，大喝一聲「你這妖怪！」，拔出長刀。

雖然拔出長刀，但間宮林太郎無法一刀斬落。

眼前那光怪陸離的光景，令他失了魂。

仁左衛門像狗一樣手腳撐在地上。

但他的背部朝下，腹部朝上。

雖然雙手撐地，但指尖朝後。

雙腳撐向地面，呈後仰姿勢。

他的衣服下襬敞開，胯下的龐然大物一柱擎天。

那是長約一尺半的陽具。

如同狗尾巴一般。

「犬神法打造出的犬神附身啊。」

遊齋左手握住瓶子站起身。

「殺了、阿妙後、不能、就這樣、放走、犬神。於是、我決定、讓它附身在、我身上、加以飼養……」

那不是人的聲音。

像動物硬學人說話的聲音。

仁左衛門的鼻子變得突尖，冒出森森白牙。

「你是用這把紅色髮梳來施展犬神法。」

「對、沒錯、我、我就是用、用那把、髮梳……」

仁左衛門的上顎突然冒出兩顆獠牙。

「我、我將、虎丸……的身體、埋進、土裡、讓牠看、阿妙的、髮梳、然後打牠、讓牠、餓肚子……」

仁左衛門緩緩移步向前。

「我讓、虎丸、受苦、百般、折磨牠、每次、都讓牠看、那把髮梳、讓牠聞、髮梳的、氣味、讓牠憎恨、髮梳的主人、然後斬下、虎丸的頭、釋放犬神……」

仁左衛門說這話時，眼珠一再打轉，時而出現眼珠，時而翻白眼。
他的頭髮披散，往下垂落。
「為什麼、阿妙要、殺了源治郎……」
仁左衛門邊說邊哭。
血淚奪眶而出。
「我明明、那麼喜歡她。明明、那麼愛她……」
他一面哭，一面左右扭動那顆倒懸的腦袋。
每次頭髮都會隨之甩動。
「呀！」
他發出咆吼。
間宮林太郎再也按捺不住。
「喝！」
他一刀斬落，但仁左衛門一躍而起，避開刀鋒，整個人攀附在天花板。
沙沙沙沙。
仁左衛門以詭異的速度在天花板上爬行。

「間宮大人，請到這邊。」
遊齋向間宮林太郎喚道。
「他現在既不是狗，也不是尋常人。一般方式對付不了他。」
間宮林太郎臉色蒼白，緊咬嘴脣。
「嘻嘻嘻嘻嘻！」
仁左衛門在天花板上發出笑聲。
「嘿！」
仁左衛門從天花板躍向間宮林太郎。
間宮林太郎急忙逃開。
眼看已躲避不及時——
有個像水的東西潑向仁左衛門臉上。
「嚇！」
仁左衛門大叫一聲，就此跌落在地。
四周充斥著一股怪異的臭味。
是野獸的臭味。

臭味強烈。

遊齋左手握著拔開栓塞的瓶子。裡頭的液體，已全潑在仁左衛門臉上。

「那是……？」

站在遊齋身旁的間宮林太郎處在拔刀的狀態，開口問道。

「是狼尿。」

遊齋說。

「我請平賀源內老師幫我弄來的。」

「什、什麼……」

「因為狗很排斥狼的氣味。」

狗通常是狼捕食的對象。

野狗要是誤闖山中，過沒幾天就會遭野狼襲擊，且被吞下肚。

鹿或兔子，也都不會靠近有野狼尿液氣味的地方。

遊齋將瓶裡的狼尿灑向地面，畫出一道圓，圍住他們兩人四周。

「間宮大人，請不要步出這個圓圈。」

「這個圓圈？」

「狗無法踏進這個圓圈內。」

「我、我知道了。」

見間宮林太郎點頭同意，遊齋將瓶子擱向地板，右手拾起地上手杖，步履輕盈地跨出用狼尿畫出的圓圈。

接著向前走了一步。

「吼……」

仁左衛門張開他的血盆大口。

他口中冒出綠光閃動的火球。

火球愈來愈大。

「喝！」

從他口中吐出綠色光球。

是暗火魂。

它浮向空中。

直徑約一尺多的光球。

就像要濺出水花般，光球周遭冒出像細絲般的亮光。

「喝！」

「喝！」

仁左衛門陸續從口中吐出暗火魂。

若是被這光球吞噬，全身精氣就會被吸光，化為木乃伊。

一共有三顆。

破空而來，襲向遊齋。

只見遊齋以杖尖擊向暗火魂，暗火魂瞬間光芒四散，熄滅消失。

兩顆暗火魂消失後，剩下的最後一顆從遊齋正上方襲向他。

先讓對手的注意力集中在兩顆暗火魂上，再用剩下一顆展開襲擊——看得出是這樣的攻擊模式。

遊齋以右手的手杖上端輕輕地接下這一擊。

暗火魂被手杖上端擋下後，就此靜止不動。

雖然靜止，但仍持續發出「滋滋」聲響，散發像水花般的光絲。

呼——

遊齋朝暗火魂吹了口氣，暗火魂浮向空中，拖著長長光影，朝仁左衛門疾馳而去。

仁左衛門張開大嘴，一口叼住朝他飛來的暗火魂，嚥進肚裡。

接著往外奔去。

遊齋穿過大門，朝仁左衛門追去。

到外廊後，發現仁左衛門這隻人犬就在階梯下。

那張上下顛倒的臉，正瞪視著遊齋。

「右近老師，輪您登場了。」

遊齋此話一出，祠堂後方馬上傳來「好」的一聲應答。

如月右近就此從建築後方現身。

他一襲白衣，左手藏在衣袖裡，插在懷中。

右近從遊齋的右手邊現身，來到仁左衛門左邊兩丈（約七公尺）遠停步。

他朝人犬——仁左衛門望了一眼，不顯一絲怯色，右嘴角微微上揚，微笑道：

「遊齋老師，這東西可真有意思啊。」

仁左衛門噘起嘴唇，露出森森白牙，沉聲低吼。

「好了，老師，我該斬哪裡好呢？」

「人犬的尾巴……」遊齋說。

右近望向那個部位，低語道：

「那個部位與其說是尾巴，不如說是陽具吧。」

「怎麼說都行。總之，先斬掉它。」遊齋說。

「直接將他本人斬了，不行嗎？」

「這麼做的話，他恐怕會喪命……」

「就算喪命也無所謂吧？」

「那可不行。因為他原本是普通人。」

「知道了……」

右近從懷中伸出左手，手掌探出袖口外。

仁左衛門持續低吼。

吼……

吼……

仁左衛門縱身一躍。

這一躍來得突然，朝右近直撲。

右近躍向左側，避開攻勢。

仁左衛門追向右近，以驚人速度展開飛撲。

動作凌厲至極。

無法閃躲。

仁左衛門發出「呀」一聲怪叫，看準右近的喉嚨撲去。

右近用右手拔刀，刀未離鞘，以鞘尾刺向仁左衛門的面門。

仁左衛門張開大嘴，一口咬住刀鞘。

仁左衛門落向地面。

儘管如此，他仍緊咬右近的刀鞘不放。

喀嚓。

喀嚓。

仁左衛門咬碎了刀鞘。

他舌頭碰觸到裡頭刀刃，劃傷了舌頭。

鮮血從仁左衛門口中滿溢而出。

他口中亮起藍色的火焰。

亮光愈來愈強。

是暗火魂。

右近就此一口氣拔刀出鞘。

刀鞘仍留在仁左衛門口中。

右近往前跨步，來到仁左衛門左側，發出「嘿啊！」一聲吆喝，手中劍光一閃。

那原本斜向天際挺出的尾巴——陽具，就此被連根斬斷。

陽具飛向空中。

滋——

斷口處血花飛濺。

「吼！」

仁左衛門大聲咆叫。

他輕輕躍起約五尺高後，重新落向地面。

「嘶……」

仁左衛門口中逸洩出「嘶嘶」的呼氣聲。

伴隨著呼氣，紅色的唾沫往四周飛濺。

刀鞘已從仁左衛門口中鬆開，掉落地面。

「這樣可以嗎？」

右近拎著離鞘的長刀，站向遊齋身旁。
「果然厲害。面對身手如此敏捷的對手，竟然精準斬斷對手尾巴，只有右近老師才有這等能耐。」
「接下來呢？」
「那根陽具尾巴，就是武士附身的根源。」
「根源？」
「你看了就知道。」
「會發生什麼事？」
「犬神會出現。」
「怎樣出現？」
「接下來的事，還不在我的預料範圍……」
眼看鮮血不再狂噴，尾巴的斷口處冉冉升起一道宛如輕煙的藍黑色之物。
「差不多了。」
「什麼差不多了？」
「犬神即將離開仁左衛門的身體。」
那道藍黑色的輕煙——瘴氣，在離地七尺處開始凝聚。

如果只是一般輕煙，會逐漸融入空氣中，消失無蹤，但這股藍黑色之物卻逐漸凝聚，愈來愈黑。

這股瘴氣，時而化為狗的樣態，時而化為惡鬼的鬼面。

「遊齋老師……」傳來這個聲音。

間宮林太郎站在遊齋身後。

他已還刀入鞘，右手握著那個瓶子。

「這傢伙是什麼？」間宮林太郎問。

「就是這東西殺了有田屋的阿妙夫人，並將她吃進肚裡。」

「什麼！」

仁左衛門在地上痛苦得全身扭曲，苦不堪言。

呼。

呼。

就連他呼出的氣息也是藍黑色。

他的模樣逐漸恢復成本人樣貌。

不久，輕煙全排出他體外，仁左衛門當下往前撲倒。

此時他已完全恢復普通人的外形。

不過，現在麻煩的是浮在空中的那一團藍黑色煙霧。

忽而化為惡鬼的鬼面，忽而化為狗的樣貌。

也不知是否有實體。

那東西一味地傳來令人忍不住想別過臉去的駭人瘴氣。

就像是怒氣騰騰。

也像是極度飢餓。

看起來猶如一隻即將撲向獵物的野獸，正在打量著對手，想著要一口咬向哪個部位。

「就是這個吧。」

遊齋抬起他左手握著的紅色髮梳。

「看來，誰持有這把髮梳，它就會襲擊那個人。」

「老師，既然這樣，那就丟掉它吧。」右近說。

「要是丟了它，就不知道會攻擊誰了。」

「那東西有辦法斬殺嗎？」

「我很遺憾，它斬殺不了。」

間宮林太郎聞言說道：

「那該如何是好？」

「間宮先生，您來得真是時候。」

遊齋將髮梳收進懷裡，探出左手，一把將間宮林太郎拿在手上的瓶子搶了過來。

「你、你做什麼……」

遊齋用瓶裡剩下的狼尿，在他們周圍畫下一個圓。

「聽好了，兩位請不要走出這個圓圈。」

一說完，他拋開空瓶，自己踏出了圓圈。

那團藍黑色的煙霧裡，冒出數隻帶有利爪的毛茸茸手臂，以及四個野獸的長顎，一同朝遊齋撲來。

遊齋將手杖插向地面。

那些手來到手杖旁，突然外形崩解，恢復成原本煙霧的形狀。

長顎也一樣。

遊齋就像要用雙手抱住手杖般，伸出雙手，在手杖前方結印。

他面露微笑的嘴唇念念有詞。

好像在念咒。

雖然那東西的長顎和利爪想從左右兩旁以及上方攻擊遊齋，但最後仍然化為煙霧，近不了他的身。

吼……

吼……

犬神在空中發出長嗥。

藍黑色的煙霧中，小小的藍色閃電發出無數道光芒，像蜘蛛網般相互纏繞。

這時——

一個東西破空而來，滾落遊齋腳下。

是一顆狗頭。

「拿去用吧，遊齋。」

這個聲音傳來。

遊齋望向聲源，只見祠堂境內的入口，盤據著一道比黑暗還要黝黑的人影。

僅僅隱約可見綻放黃光的雙眸及像在微笑的嘴巴。

不過，光憑這點就能知道站在前方的人是播磨法師。

「那是虎丸的頭……」

那顆頭嚴重腐爛，狗毛脫落，不光露出毛下腐肉，連下巴骨頭都看得出來。

「這是我找到的。如果用我自己的身體，之後可就麻煩了。如果是你的話，只要有這顆狗頭和髮梳，應該就有辦法處理才對。」

「感謝。」

遊齋只有在道謝時暫停誦念咒語，但接著他的嘴唇再度動了起來。

他一面念咒一面蹲下身，雙手捧起滾向腳邊的虎丸頭顱，站起身。

他將狗頭放在左手上，空出的右手探入懷中。

一股駭人的腐臭直衝遊齋鼻端。

他從懷裡取出髮梳，將它放入虎丸口中。

遊齋停止誦念。

在空中長嗥的犬神，身體迅速膨脹。

「來吧……」

遊齋此話一出，那團發出無數道細小雷電，並伸出許多手臂，且上頭都長著利爪的黑雲，迅速朝遊齋襲來。

「啊！」

目睹這幕光景的間宮林太郎發出一聲驚呼。

因為看在間宮林太郎眼中，遊齋被化為黑雲的犬神一口吞下。

其實不然。

那團黑雲發出熱油滾沸的爆裂聲，陸續被吸進遊齋左手上的虎丸頭顱。

藍綠雙色的閃電在遊齋手上發出亮光。

劈里。

劈啪。

閃電迸裂。

接著黑雲全鑽進虎丸頭顱裡。

進入後，原本只是兩個凹洞的虎丸雙眼，陡然綻放紅光。

喀嚓。

虎丸的上下顎就此闔上。

放在嘴裡的髮梳，被它的牙齒咬碎，碎片飛落地上。

咔滋。

咔滋。

它的利牙咬得嘎吱作響，嘴巴朝髮梳咬了幾下後，停止動作。

遊齋就像看準這個機會，右手探進懷中，取出一張紙片，將其貼在虎丸額頭。

虎丸在遊齋手上沉靜下來。

「看來是結束了。」

遊齋如此說道，播磨法師緩緩從前方走來。

「厲害……」

播磨法師低語。

「遊齋，你原想讓它附身在你身上吧。」

「我本來在想最後只能這麼做了。全被您看穿了嗎？」

「你有種就那樣試試。下次要驅魔可就麻煩了。因為附身過遊齋的妖怪，誰都不想對付。」

「託您的福，幫了我一個大忙。」

「謝我就免了。」

「不過話說回來，沒想到您竟然會來。」

「那傢伙……」

播磨法師朝倒地的仁左衛門瞄了一眼。

「竟然想殺我滅口。他要是別來惹我就沒事了。」

「是。」

「對了，遊齋。我有件事想拜託你。」

「您有何吩咐？」

「那顆狗頭，由我保管。」

「哦，求之不得。現在姑且封印了犬神，但老實說，我現在正感到迷惘，不知該怎麼處置它。」

遊齋遞出狗頭，播磨法師伸手接過。

「您打算怎麼處置？」

「人上了年紀後，長夜難捱。我打算培育成式神，在百無聊賴的夜晚，由它陪我小酌幾杯。」

「如果是要喝酒，請駕臨鯰長屋，在下隨時都能奉陪。」

「哪天我想的話，再去找你吧。」

播磨法師轉過身。

「遊齋啊，長生不死也是件麻煩事。知己紛紛離世，僅剩自己孤零零一人……」

他背對著遊齋說道。

「是。」

「我也想早點到地獄，無奈地獄的獄卒討厭我，遲遲不召喚我。」

播磨法師說著說著，邁步離開。

月光照向他的背影。

「要是能在適當的時機下死去就好了……」

播磨法師留下最後這句話，融進黑暗。

這時——

「遊齋先生……」

間宮林太郎出聲叫喚。

「我可以走出這個圓圈了吧？」

「當然。」

遊齋望著播磨法師消失於黑暗，如此應道。

黑暗中有道茫然而立的人影。

那是有田屋的大掌櫃嘉兵衛。

（二十四）

「早知是這樣，我也好想在現場啊。」

土平以他寬大的手掌朝額頭用力一拍。

長角的骷髏頭。

像是來自大清國的壺。

伴天連[1]的畫。

來路不明的小東西隨處擺放，由古至今，東洋西洋夾雜的書籍，到處堆疊如山。

雖然土平將這些東西推向一旁，好不容易騰出空間，折起他那雙長腳，端正跪坐在榻榻米上，但對他來說，待在這房間似乎備受拘束。

「但有你在這裡保護阿光小姐，我們才能安心行動。」

儘管遊齋這麼說，土平還是不滿地嘟起嘴脣。

「那麼，仁左衛門怎麼處置？」

「大概難逃死罪。」

「畢竟他殺了老闆娘阿妙夫人還有他兒子進三郎。」

1. 神父或傳教士的稱呼。

雖然雙手置於膝上，但土平似乎再也忍受不了，改為盤腿而坐。

盤腿比較舒服，但他膝蓋往外敞開，雙膝碰觸左右兩旁堆疊的書本，顯得更為拘束。

「昨天聽阿光小姐說，我滿心以為這全是大掌櫃嘉兵衛所為……」

「那是阿光小姐自己的猜測。」

「不過，真沒想到源治郎是嘉兵衛和阿園夫人所生的兒子。」

「昨天在間宮大人訊問下，嘉兵衛本人也招認了此事。」

「你也早點告訴我嘛。」

土平搖晃他那高大的身軀。

「不過，仁左衛門原本沒發現這件事吧？」

「好像是。」

「那麼，他是什麼時候發現的呢？」

「好像是最近。阿光小姐即將出嫁前。聽說是嘉兵衛自己低頭道歉，告知實情。」

「這又是為什麼？」

「因為嘉兵衛也是那時候才知道誰殺了源治郎。」

「這麼說來，殺害阿妙一事，是嘉兵衛和仁左衛門兩人合謀嘍？」

「還有另外一人。」

「另外一人？」

「原本住在上野那棟屋裡的，是源治郎從吉原贖身回來的女子，名叫阿夏。對她多方關照且租下那棟房子的人，似乎也是嘉兵衛。」

「因為那是他親生兒子。有田屋的財產早晚有一天也會落入他手中……」

「不過，嘉兵衛好像沒這個企圖。雖然他和夫人有染，但其實是個中規中矩的人，他自己似乎想讓源治郎抽身，改由進三郎繼承有田屋。」

「所以才會租下上野的房子……」

「對。」

「源治郎知道自己的親生父親是誰嗎？」

「嘉兵衛沒說。不過，源治郎可能自己隱隱察覺到了……」

「總之，源治郎包養的阿夏，也多方從旁協助對吧？」

「對。」

嘉兵衛自己也是偶然得知源治郎喪命的真相。

因為女侍總管阿富在打掃阿妙的房間時，意外發現一包藥粉。

她納悶那是什麼並拿起來細看時，走進房內的阿妙見狀，急忙一把將那包藥粉搶走。

沒人問她，她自己就主動解釋：

「我最近人不舒服，從神田的澤井大夫那裡要來了這包藥。」

阿富告訴嘉兵衛這件事。

嘉兵衛可能想到了什麼，他仔細詢問那包藥的顏色和大小。

聽完阿富的描述後，嘉兵衛的表情變得凝重，他吩咐阿富：

「這件事別跟任何人提及。」

嘉兵衛自己跑了一趟神田的澤井桃庵住處，詢問藥的事。

結果對回答說，這一年來，他都沒替有田屋的人開過藥。

嘉兵衛因此察覺有異。

他其實心裡老早就覺得可疑。

源治郎喪命的隔日，庭院裡有焚毀東西的痕跡，他在餘燼中目睹像是藥包紙片的一角。

於是，趁阿妙不在時，他潛入她房內，找出那個藥包。

他用另外一張紙裝了三分之一的藥粉，混在家中飼養的貓所吃的食物裡，讓牠吃了一陣子。結果那隻貓漸漸顯得無精打采，沒有胃口，發高燒，四天後一命嗚呼。

這下子嘉兵衛就確定了。

是誰殺害了源治郎——

猶豫半個月後，他向仁左衛門道出一切。

從遊齋口中得知大致情形，土平手抵向額頭，以不同於剛才的音調說道：

「真是一起可悲的案件啊……」

這時——

「遊齋老師在嗎？」

傳來孩子的聲音。

大門開啟。

「啊，賣飴糖的土平也在呢。」

「真的耶。」

這聲音直接往屋裡竄。

松吉、次郎助、長吉三人，歡騰喧鬧地走進。

「這裡還是老樣子，滿是書的臭味呢，遊齋。」

「也太亂了吧。」

「這樣娶不到老婆喔。」

他們你一言我一語，口無遮攔。

「怎麼啦？」遊齋問。

「有一尾大魚，在那座稻荷神社的松樹上悠游呢。」

「一次有三尾。」

「分別是藍色、黃色、紅色。」

「其中一尾還長了翅膀。」

三人漲紅著臉，依序說道。

「這事只有我們知道喔。」

「走吧。」

「去看看。」

「不知道遊齋會不會抓住牠。」

真拿你們沒轍——

土平露出這樣的神情，伸手搔頭。

「那是來自天竺的飛行魚。在大清國的《山海經》裡，稱之為鰐魚。」

遊齋的脣際浮現笑意。

「如果牠是飛行魚的話，我拉奏二胡，牠會跳舞喔。」

「真的假的？」

「是真的。」

遊齋拿起擺在身旁的二胡。

「我們走吧。」

「我想看。」

「走嘛，遊齋。」

孩子們說道。

「那就走吧。」

遊齋站起身。

嘩！

孩子們齊聲歡呼。

（完）

臺灣版後記

有關大江戶火龍改

夢枕獏

有一位名叫遊齋，有點奇特的人物，住在江戶某間長屋內。

他的家中放滿了各式奇異物品。舉凡地球儀、望遠鏡、獨角獸骨、快壞掉的人偶、靜電機、可疑的卷軸、莫名其妙的石頭或小東西。而出入這裡的，也都是些怪異人士。

賣糖果的巨人、劍豪，以及實際存在的人物平賀源內。

附近的小孩們也很親近遊齋。

本作是如果生活在江戶時代，我想住進這樣的家、我想和這樣的人們交流，懷著這份想望而撰寫出來的故事。

本作也帶點江戶版《陰陽師》的味道。也有疑似是晴明勁敵、蘆屋道滿的人物登場。對已經讀過《陰陽師》的讀者而言，或許是容易進入狀況的故事吧。

這邊我想為臺灣讀者說明一下，在江戶時代的日本，有所謂的「火付盜賊改」，專門取締縱火犯或盜賊的組織存在。史書上可找到關於此組織的記述，是真實存在世上的組織。然而遊齋參與的「火龍改」，則是無論任何史書上，都沒有相關記述的組織。

火龍改的工作，是從江戶的妖怪、龍或怪物手中保護江戶，或者處理一些不屬於「火付盜賊改」管轄的神奇案件。

主角遊齋年齡不詳、眉清目秀，儘管年紀不大，卻有著一頭白髮。他將這一頭白髮用紅色的繩子紮在後腦勺，揹著一把二胡，手中握有一柄裝飾龍形雕刻的手杖。這把手杖與遊齋持有的一些小道具上，均備有各式各樣機關，我也想了很多有趣的事情，但還未能加以呈現。我想，將在今後撰寫的續篇之中逐一將之揭露。

現在，我撰寫這篇「後記」的時間點，是在二〇二一年秋天。日本的 COVID-19 疫情總算平息下來，但是這個冬天可能又會增加感染者。

無論個人、還是社會，人總是背負了許多事情而活、而存在。我想無論那些是什麼，我們都該一一將之克服，並迎接美好的春天到來。

期望這本書，能為臺灣眾多讀者喜愛——

二〇二一年十一月九日

於小田原——

夢枕獏

日本版後記

後記 1

夢枕獏

深夜時打開窗戶，吹來一陣惱人的風。
一陣滿含新綠香氣的風。
夏天即將到來。
這風總是無比惱人。
因為在黑暗中，從四周的新綠滿溢至夜氣裡的氣味，濃濃地融入風中。
那氣味充滿感官刺激，直接送入心底。
聞到這股香氣，總有股情緒湧現心頭。

今年夏天我能做到什麼程度？

像這樣的期待與不安。

過去是否曾經有哪個夏天，達成過什麼小目標嗎？倒也不是沒有。但能做的事微乎其微。感覺上就像什麼都做不到一樣。

這樣的滋味到底嘗過幾次了呢？

小時候，未來的可能性近乎無限。我相信不管怎樣，只要選擇那條路，不管什麼都能達成。總覺得不論是征服世界、得到宇宙的大發現，還是最早踏上未知的山頂，自己都有能力辦到。

現在呢？

瞧瞧我這可悲的狼狽樣，腦中想的事，連百分之一都做不到。

就以我寫作的工作來說吧，到了我這個年紀，可說是已來到一切準備完善的時期。

我已學會許多方法，過去一切的時間、一切發生的事件、體驗、感受，這一切，都是為了此刻能站在這個起點所展開的準備期間，我現在終於明白這個道理。

1. 本篇及下篇為日本版《大江戶火龍改》原有後記，「臺灣版後記」則為夢枕老師為臺灣讀者撰寫之內容。

然而，當我搞懂時，我已經六十九歲了。

啊！

真想重新再活一次。

我不想失去現在所擁有的事物，想在這樣的狀態下重生一遍，將我這第二遍展開的人生獻給寫作。

有可能成真嗎？

應該不可能吧。

那麼，至少再給我十年充滿熱忱和傻勁的時間。

不過，這是不可能的事。

我自己心知肚明。

這是當然。

因為這個緣故，我寫下全新的作品。

新的角色。

很有意思。

在這樣的設定和角色下，我腦中湧現各種奇想和幻想，這個也想嘗嘗，那個也想試試，但我所剩的時間愈來愈少，不能再減少我釣魚的時間了，喂，這該如何是好。

怎麼辦。

真傷腦筋啊。

二〇二〇年五月十日

於小田原

以下是我在今年四月所寫的內容，尚未對外發表。因為想讓這段文字留諸於世，還為此苦惱了一陣子，但最後我選擇在此發表。在刊登發表前，做了些修改。不過和這故事沒有直接關聯，還望各位海涵。

雖然平靜，卻一再強勁地湧現心頭之物

有個東西湧上我心頭。

不論是在我寫稿，還是望著窗外時，它都會湧現我心頭，無法消失。若說是怒意，也可這麼說，但有一半是哀傷。

我也不知該怎麼形容才好，總之，就像是「人類可真傻……」這種感覺。

像「人類真是愚蠢啊……」這種看透一切的想法。

當然了，我自己也在這「傻」和「愚蠢」之中。

人類就是傻，就是愚蠢，才會不自主地只求自己好。滿腦子想的都是「我很重要」。所以才會盡可能努力想去愛人們的愚蠢。努力想加以原諒。當然了，背後別有居心。

所以也請原諒我的傻和愚蠢──就是這樣的居心。著實可鄙。

我一直在想，這種事，或是我接下來要寫的內容，都不是可以大聲向人說的事。雖然會寫在小說裡，但我明白，要以這種文章來呈現，很難用言語表達清楚，而且這樣容易產生誤會，我沒把握可以明確傳達心中的想法，之前一直躊躇再三。

然而，這股湧現的思緒遲遲無法消散。

它像雜質般，潛進我寫小說的工作以及日常生活中，無法消除。著實難受。

我心想，如果寫成文字的話，可能心情會輕鬆一些，就此開始在稿紙上一格一格填入我那渾圓的難看字體，寫下這篇文章。

我過去曾多次與國家交戰。

正確來說，就只是混在與國家交戰的人們當中，發表一些微不足道的言論，例如對興建沒意義的水庫所發起的反對運動，我就曾多次出手幫忙。

具體舉例的話，像是反對長良川的河口堰建設、反對川邊川水庫的建設、反對四國的吉野川河口堰建設等等。

這類的運動就只會消耗不少時間、精神、體力，能得到的收穫少之又少。這種運動的結果，取決於能爭取到多少選票。例如這項運動是否擁有足以翻轉整個國家政治的票數。如果不具有這樣的力量，這項運動便幾乎可說是軟弱無力。

誰說神聖的一票重如泰山？一票實在輕如鴻毛。可悲的是，我們非得仰仗輕如鴻毛的一票。只能這麼做。不管再怎麼備受無力感折磨，都得持續投下這輕如鴻毛的一票。

對核能也是如此。

核能究竟是怎樣的產物，不論過去還是現在，我都在思考這個問題。既然這樣，水力發電就好嗎？礦石燃料發電就好嗎？太陽能發電、風力發電就好嗎？現在我也還沒得出答案。若要寫下箇中的理由和細節，怎麼也寫不完。不過，若提到核能，不管用再多的理由或理論來解釋說它安全，真正最令人感到不安的主要因素，還是負責管理它的「人」。

因為人並非完美。

資本主義成了奉金錢為神明的一神教，而共產主義也是類似的情形。我的意思並不是說資本主義不行、共產主義糟糕，而是因為加以運用的是我們人類，所以才不行，最後只能得出如此坦白的結論。

人是愚蠢的。

想保護自己。

喜歡找藉口推拖。

我自己也是如此。

政治人物當然也是。

得不到答案。

如果是這樣，那不就只能繼續做我的工作、釣我的魚，只求明哲保身嗎？

到底是怎樣？

我不明白。

雖然我已六十九歲，但還是不明白。

世上許多事都無解。也沒正確答案。雖然活到這把歲數，我好歹還懂這個道理，但我唯一有自覺的，是自己的愚蠢。

啊！

雖然我只想埋首於寫小說的工作中，但這次有深切的感受湧上心頭，所以我說了這一大串藉口，寫下這篇文章。

再來談到 COVID-19 疫情。

西元前五五三年到五四八年這段時間，中國的齊國有位國君，人稱莊公光。他底下的宰相名叫崔杼，是位手段高明的政治家。

這位崔杼殺了莊公光，讓對他言聽計從的莊公光弟弟登基為王。

對此，太史寫道「崔杼弒莊公」。

所謂的太史，簡單來說，就是國家的記錄官員。也可稱作史官。

所謂「弒」，是下位者殺害上位者，亦即臣子殺害君王的意思。

崔杼得知後大怒，下令「給我重寫」。
但太史抬起頭回答道「我辦不到」。
崔杼就此殺了這名太史。
繼任的太史，是那位被殺死的太史弟弟。這位弟弟也寫道「崔杼弒莊公」。
至此，崔杼才放棄竄改的念頭。
此事也記載於司馬遷的《史記》中。
這個題材原本是記載於更早以前的《春秋左氏傳》。
昔日在中國，「史書」是如此受到看重。
各位明白這代表什麼含意吧？
「你很努力。」
「你做得很好。」
這是對孩子們說的話。
因為努力過，所以當然會得到原諒或稱讚。
不論是格鬥技還是運動比賽，對於落敗者都無話可說。

儘管如此，我們還是會說。

邊哭邊說。

「你已經很努力了。」

「你做得很好。」

這也是沒辦法的事。

雖然不知道這樣的心意是否真能傳進落敗者的心裡，但周遭人真的是這麼認為。

替某人加油打氣，就是將自己人生的一部分寄託在某人身上。所以加油的對象要是落敗，便會深深感受到一股失落感。

然而、然而——

政治不一樣。

政治不可等同而語。

「你很努力。」

「你做得很好。」

但最後卻演變成戰爭。沒這種事。

政治就是結果。

結果代表一切。

COVID-19 疫情的問題也是如此。

能與傳染病對抗的，就只有醫療與政治。

而我們的政治都在忙些什麼？

認真奮鬥的政治人物當然有。

但少之又少。

為什麼大部分的政治人物都保持沉默？

那些枝微末節的小事，我不會在這裡提。

今後要是有人死於疫情，這都是政治害的。

是我們造就出這樣的政治和政治人物。

我也是其中之一。

我今年六十九歲，已是個高齡者。
有高血壓和糖尿病。
身體已衰老不堪。
一旦感染，恐老命不保。
是因為有工作、釣魚、朋友、家人的支撐，我才得以活下去。
遇到困難時，我都是仰賴工作和釣魚，才得以繼續走下去。
目前我平安無事。
該寫的書、想寫的內容，累積如山。
就算投胎轉世成蟲子，我也想繼續寫下去。

如果以我現在的感想來說，藉由寫稿賺取稿費，一晃眼四十多年，好不容易來到這個年紀，感覺就像站上了起跑線。我明白過去的人生，都是為了這一刻在做準備。
接下來我終於能好好寫了。
終於能著手進行我腦中的想法，以及想做的事。

在我開始有這種感覺時，我即將邁入七十大關。
人生就是這麼回事。
志村健先生想必也是如此。
不知道他有多遺憾。
看好了，我先寫在這兒了。
我一直盯著你們。
誰做出何種發言，露出何種眼神，我都不會忘記。我一定會牢牢記住。
如果我能繼續活下去，下次選舉時，一定給你們好看。

二〇二〇年四月十二日

恠25／大江戶火龍改

作者／夢枕獏
翻譯／高詹燦
業務．行銷／陳紫晴．徐慧芬
校稿協力／許瀞芸
編輯總監／劉麗真
總經理／陳逸瑛
榮譽社長／詹宏志
發行人／涂玉雲
出版社／獨步文化

城邦文化事業股份有限公司
104台北市中山區民生東路二段141號5樓
電話：(02) 2500-7696
傳真：(02) 2500-1967

發行／英屬蓋曼群島商家庭傳媒股份有限公司城邦分公司
104台北市中山區民生東路二段141號2樓
網址／www.cite.com.tw
讀者服務專線／(02) 2500-7718；2500-7719
服務時間／週一至週五：09：30～12：00 13：30～17：00
24小時傳真服務／(02) 2500-1900；2500-1991
讀者服務信箱 E-mail／service@readingclub.com.tw
劃撥帳號／19863813
戶名／書虫股份有限公司

香港發行所／城邦（香港）出版集團有限公司
香港灣仔駱克道193號東超商業中心1樓
電話／(852) 2508-6231 傳真／(852) 2578-9337
E-mail／hkcite@biznetvigator.com

馬新發行所／城邦（馬新）出版集團
Cite (M) Sdn Bhd
41, Jalan Radin Anum, Bandar Baru Sri Petaling,
57000 Kuala Lumpur, Malaysia.
Tel: (603) 90578822
Fax:(603) 90576622
email:cite@cite.com.my

封面設計／高偉哲
排版／高偉哲
印刷／中原造像股份有限公司

● 2022（民111）1月初版
售價360元

ISBN 9786267073186（平裝）
9786267073155（EPUB）

國家圖書館出版品預行編目資料

大江戶火龍改／夢枕獏著；高詹燦譯. – 初版. – 台北市：獨步文化，
城邦文化事業股份有限公司出版：英屬蓋曼群島商家庭傳媒股份有限公司城邦分公司發行，
民 111.01 面 ； 公分. --（恠；25）譯自：大江戶火龍改
ISBN 9786267073186（平裝）9786267073155（EPUB） 861.57 110020003